Tle GÉNÉRALE & TECHNO

JE RÉUSSIS MON GRAND ORAL !

Cyril Delhay

Professeur d'art oratoire à Sciences Po
Auteur du rapport ministériel sur le Grand Oral

Paul Vialard

Formateur à la prise de parole en public
Pédagogue de la voix

hachette
ÉDUCATION

SOMMAIRE

ISBN : 978-2-01-718565-9
www.parascolaire.hachette-education.com

SOMMAIRE DES VIDÉOS

Flashe ce code pour retrouver toutes les vidéos de l'ouvrage.

VIDÉO

Les vidéos de ton livre sont accessibles directement grâce à des QR codes que tu peux flasher.

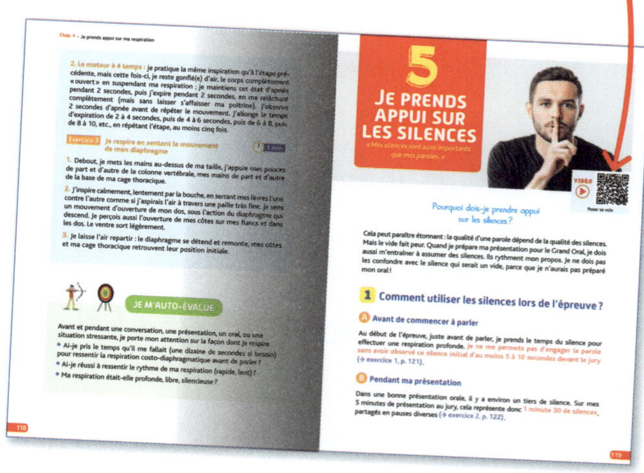
Chap. 4 - Je prends appui sur ma respiration

2. Le moteur à 4 temps : je pratique la même inspiration qu'à l'étape précédente, mais cette fois-ci, je reste gonflé(e) d'air, le corps complètement « ouvert » en suspendant ma respiration ; je maintiens cet état d'apnée pendant 2 secondes, puis j'expire pendant 2 secondes, en me relâchant complètement (mais sans laisser s'affaisser ma poitrine). J'observe 2 secondes d'apnée avant de répéter le mouvement. J'allonge le temps d'expiration de 2 à 4 secondes, puis de 4 à 6 secondes, puis de 6 à 8, puis de 8 à 10, etc., en répétant l'étape, au moins cinq fois.

Exercice 3 Je respire en sentant le mouvement de mon diaphragme

1. Debout, je mets les mains au-dessus de ma taille, j'appuie mes pouces de part et d'autre de la colonne vertébrale, mes mains de part et d'autre de la base de ma cage thoracique.

2. J'inspire calmement, lentement par la bouche, en serrant mes lèvres l'une contre l'autre comme si j'aspirais l'air à travers une paille très fine. Je sens un mouvement d'ouverture de mon dos, sous l'action du diaphragme qui descend. Je perçois aussi l'ouverture de mes côtes sur mes flancs et dans les dos. Le ventre sort légèrement.

3. Je laisse l'air repartir : le diaphragme se détend et remonte, mes côtes et ma cage thoracique retrouvent leur position initiale.

JE M'AUTO-ÉVALUE

Avant et pendant une conversation, une présentation, un oral, ou une situation stressante, je porte mon attention sur la façon dont je respire.
- Ai-je pris le temps qu'il me fallait (une dizaine de secondes si besoin) pour ressentir la respiration costo-diaphragmatique avant de parler ?
- Ai-je réussi à ressentir le rythme de ma respiration (rapide, lent) ?
- Ma respiration était-elle profonde, libre, silencieuse ?

118

5 JE PRENDS APPUI SUR LES SILENCES

« Mes silences sont aussi importants que mes paroles. »

VIDÉO Poser sa voix

Pourquoi dois-je prendre appui sur les silences ?

Cela peut paraître étonnant : la qualité d'une parole dépend de la qualité des silences. Mais le vide fait peur. Quand je prépare ma présentation pour le Grand Oral, je dois aussi m'entraîner à assumer des silences. Ils rythment mon propos. Je ne dois pas les confondre avec le silence qui serait un vide, parce que je n'aurais pas préparé mon oral !

1 Comment utiliser les silences lors de l'épreuve ?

A Avant de commencer à parler

Au début de l'épreuve, juste avant de parler, je prends le temps du silence pour effectuer une respiration profonde. Je ne me permets pas d'engager la parole sans avoir observé ce silence initial d'au moins 5 à 10 secondes devant le jury (→ exercice 1, p. 121).

B Pendant ma présentation

Dans une bonne présentation orale, il y a environ un tiers de silence. Sur mes 5 minutes de présentation au jury, cela représente donc 1 minute 30 de silences, partagés en pauses diverses (→ exercice 2, p. 122).

119

AVANT-PROPOS

Bonjour à toi,

L'objectif de ce livre est de t'accompagner dans la préparation du Grand Oral du bac pour que tu sois parfaitement prêt(e) en juin.

L'épreuve dure 20 minutes. Selon que tu es en voie générale ou technologique, elle est dotée d'un coefficient 10 ou 14. C'est dire son importance. Elle se prépare tout au long de l'année.

Tu doit choisir et préparer deux sujets dans tes enseignements de spécialité. Tu devras le jour J réaliser un exposé initial de 5 minutes debout et répondre aux questions d'un jury pendant 15 minutes.

Cet oral t'invite à acquérir une compétence décisive pour la vie entière : parler en public de façon claire et convaincante.

Avec *Je réussis mon Grand Oral !*, nous t'initions aux secrets indispensables pour y parvenir.

Le premier est que l'on apprend à parler en public, comme à faire du vélo ou à nager. Il y a une méthode et des techniques. Depuis 20 ans, nous avons formé plus de 10 000 personnes à cette maîtrise fondamentale. Mais nous-mêmes, à nos débuts, nous avions peur de parler en public et nous nous sommes formés.

Le deuxième secret est qu'il faut s'entraîner pour acquérir les réflexes de base. Pour parler en public, il te faudra quelques minutes par jour pendant 2 ou 3 semaines. Chacun(e) d'entre nous en est capable. Ce serait dommage de s'en priver. Comme nous, saisis ta chance !

Ce livre et les 10 vidéos associées te proposent une méthode pour construire ton Grand Oral à l'aide d'une cinquantaine d'entraînements express. Tu pourras également consulter des sujets choisis et traités par des candidats les années précédentes et notés 20/20.

Tu as désormais entre les mains toutes les clés pour réussir ! Nous te souhaitons d'en tirer le meilleur profit.

Cyril Delhay et Paul Vialard

Si l'oral est ta passion, tu pourras consulter :

- Cyril Delhay, *Parler en public : principes et méthodes*, Dalloz, 2019.
- Cyril Delhay, *L'Art de la parole (100 textes sources)*, Dalloz, 2020.

L'épreuve du Grand Oral

1 LA PRÉSENTATION DE L'ÉPREUVE

« Parler au jury de façon claire et convaincante. »

VIDÉO

L'épreuve du Grand Oral

Qu'est-ce que le Grand Oral ?

Le Grand Oral est l'une des épreuves terminales du baccalauréat. Comme son nom l'indique, elle se passe à l'oral, à la fin de l'année de Terminale, devant un jury composé de deux enseignants. Elle porte sur deux questions élaborées et préparées avec les enseignants de spécialité pendant l'année. Le jour J, le jury choisit l'une des deux questions que présente le candidat.

1 Un même Grand Oral pour les baccalauréats général et technologique

A Un objectif commun

Que ce soit pour le baccalauréat général ou le baccalauréat technologique, l'épreuve doit permettre au candidat de montrer sa **capacité à prendre la parole en public de façon claire et convaincante**. Elle lui permet aussi de **mettre les savoirs qu'il a acquis, particulièrement dans ses enseignements de spécialité, au service d'une argumentation**, et de montrer comment ces savoirs ont nourri son projet de poursuite d'études, voire son projet professionnel.

B Les différences

Le déroulement du Grand Oral est le même pour tous les candidats, qu'ils se présentent pour le baccalauréat général ou le baccalauréat technologique. Il y a toutefois deux différences :

1 Le coefficient de l'épreuve

Il est de 10 pour le baccalauréat général et de 14 pour le baccalauréat technologique.

2 L'enseignement de spécialité de référence

Si je passe un baccalauréat général, je dois avoir préparé deux questions : soit un sujet dans chacun des deux enseignements de spécialité, soit deux sujets transversaux en lien avec ces deux enseignements, soit un sujet transversal et un sujet lié à un enseignement de spécialité.
Si je suis en série technologique, je dois avoir préparé deux questions dans l'enseignement de spécialité pour lequel le programme prévoit la réalisation d'une étude approfondie.

2 Comment se déroule l'épreuve ?

A La préparation (20 minutes)

Au début de l'épreuve, je présente au jury les deux questions que j'ai préparées pendant l'année. Le jury choisit l'une d'elles. Je dispose alors de 20 minutes de préparation pour mettre en ordre mes idées.
Je peux également réaliser un support sur une feuille qui m'est fournie. Je peux le conserver pendant la présentation et l'utiliser comme aide-mémoire. Je peux aussi le remettre au jury pour qu'il puisse mieux suivre ma présentation. Ce document pourra ainsi comporter un schéma, un plan, une équation ou tout autre élément que je juge utile. La remise du support n'a rien d'obligatoire et le support n'est pas évalué.

B Le passage devant le jury (20 minutes)

L'épreuve d'une durée totale de 20 minutes se déroule en 3 temps :

5 min Présentation d'une des deux questions préparées pendant l'année, choisie par le jury.
→ Debout avec ou sans support (sauf pour les candidats à besoins spécifiques).

10 min Échange avec le jury : Questions sur la présentation et le programme de spécialité découlant de ma question.
→ Debout ou assis, au choix du candidat.

5 min Échange avec le jury sur le projet d'orientation.
→ Debout ou assis, au choix du candidat.

1 La présentation d'une des deux questions (5 minutes)

L'épreuve commence par la présentation par le candidat d'une des deux questions choisie par le jury.

VIDÉO

La première partie de l'épreuve : la présentation

Baccalauréat général	Baccalauréat technologique
• Les questions portent sur les deux enseignements de spécialité. Elles mettent en lumière de façon argumentée un enjeu du programme de chacune des spécialités, ou des programmes (si je choisis des sujets transversaux à mes deux enseignements de spécialité). • Les programmes de spécialité auxquels les questions sont reliées peuvent concerner aussi bien le programme de Première que de Terminale. • Les questions sont préparées pendant l'année avec mes enseignants. Je peux choisir de les préparer en équipe.	• Les questions sont articulées à l'étude approfondie que j'ai menée en enseignement de spécialité. • Je construis mon argumentation pour définir les enjeux de l'étude, la mettre en perspective, analyser ma démarche ou expliciter mes choix en termes d'outils et de méthode. • Je peux préparer l'étude approfondie seul(e) ou avec d'autres élèves.

2 L'échange avec le jury à partir de ma présentation (10 minutes)

VIDÉO

La deuxième partie de l'épreuve : l'échange avec le jury à partir de la présentation

La première partie de l'échange porte sur ma présentation et le programme. Elle vise à m'aider à préciser et approfondir ma pensée. Je dois veiller à bien écouter les questions que me pose le jury : chaque terme est important. Je dois les définir si besoin pour construire mes réponses.

Le jury peut poser des questions sur le programme de spécialité à partir du moment où elles sont en lien avec ma présentation et mon sujet.

3 L'échange avec le jury sur mon projet d'orientation (5 minutes)

VIDÉO

La troisième partie de l'épreuve : l'échange avec le jury sur le projet d'orientation

Je dois expliquer en quoi la question traitée éclaire mon projet de poursuite d'études, voire mon projet professionnel.

Le Grand Oral est un oral de maturité : je dois être capable d'exposer les différentes étapes de maturation de mon projet.

- Quelles rencontres ont été décisives ?

L'ÉPREUVE DU GRAND ORAL

- Mon projet est-il lié à un engagement associatif ? à mon stage de Troisième ? à des expériences à l'international ou dans des environnements que j'ai découverts ?
- Pourquoi ai-je choisi mes enseignements de spécialité ?
- Que vais-je faire après le Bac ?

Je présente mes réflexions, mes questions, pourquoi pas mes doutes mais aussi mes envies. Si j'ai choisi mon sujet de façon sincère et personnelle, cette partie de l'entretien sera facile et valorisera mon travail.

3 Comment est composé le jury ?

Le jury est composé de **deux professeurs de disciplines différentes** :
- l'un représente l'enseignement de spécialité des candidats ;
- le second représente l'autre enseignement de spécialité ou l'un des enseignements communs. Il peut aussi être professeur documentaliste.

JE RETIENS

L'épreuve dure 20 minutes. Elle est composée de trois parties :

Ma présentation 5 min → Mon échange avec le jury à partir de ma présentation 10 min → Mon projet d'orientation 5 min

2 L'ÉVALUATION DE L'ÉPREUVE

« L'important, c'est de progresser. »

Qu'est-ce qui est évalué lors du Grand Oral ?

L'épreuve évalue avant tout une compétence : « savoir parler en public ».

1 Qu'attend-on de moi lors de l'épreuve ?

L'objectif est que tout bachelier quitte l'enseignement secondaire en sachant parler en public : **une compétence pour la vie entière** ! C'est tout à fait nouveau dans le système éducatif français et il faut s'en réjouir. Je vais acquérir une compétence que mes parents et grands-parents, sauf exception, n'ont pas eu la chance de travailler à l'école.

Je dois donc aborder cette épreuve dans un esprit très positif. La préparer me permet de me mettre à niveau à l'oral. C'est avant tout utile pour moi. **Savoir parler en public m'aidera considérablement dans ma vie future**, pour les études supérieures, pour décrocher un job, pour faire valoir mes talents dans la vie professionnelle.

2 En quoi les compétences orales sont-elles nouvelles ?

Le Grand Oral demande des qualités de clarté, d'analyse et d'expression qui sont communes avec l'expression écrite mais aussi des qualités spécifiques. Pour bien les maîtriser, je dois en avoir une conscience précise. Savoir parler en public de façon claire et convaincante exige donc de ma part **huit compétences fondamentales**.

A Compétence 1 : je sais parler debout

La première partie de l'épreuve est une **présentation debout pendant 5 minutes**. Il s'agit de la posture fondamentale de la prise de parole en public. Je trouve mes points d'appui en travaillant ma posture, la respiration et le regard.

B Compétence 2 : j'interagis avec mon auditoire

Je dois m'entraîner sans support. Une fois et une fois seulement que je sais faire ma présentation en interaction avec mon auditoire, je peux introduire, si je le souhaite, un support. Ce support peut être une carte mentale avec des mots-clés, des chiffres, ou un schéma. Il m'aide en cas de trou de mémoire. Le support peut aussi être présenté au jury et donner un supplément d'information (équation, schéma...) pour renforcer mon propos. Il n'est pas évalué. Je dois le préparer dans les 20 minutes qui précèdent l'oral.

C Compétence 3 : je parle clairement

À quoi cela sert-il de parler si mon interlocuteur ne me comprend pas ? Parler en public consiste à **s'adresser à l'interlocuteur dans l'instant**. J'ai ma façon de voir et de m'exprimer. Celui qui m'écoute a la sienne. Je dois viser l'espace commun entre lui et moi, celui qui me permettra d'être compris(e). Pour cela, je dois m'entraîner à être très clair(e) et précis(e) dans ce que j'énonce.

D Compétence 4 : j'apprends à gérer mon stress

Toute situation de prise de parole en public et encore plus lors d'un examen provoque du stress. C'est une réaction naturelle. Le stress est positif car il me booste (→ p. 85). Il ne s'agit donc ni de l'éliminer ni de le nier, mais de l'apprivoiser et d'en faire un ami. Des techniques efficaces et simples existent. Les sportifs de haut niveau, les chanteurs, les comédiens, de nombreuses personnalités publiques les utilisent tous les jours. À mon tour de me les approprier. Là aussi, ce sera utile pour la vie entière.

E Compétence 5 : je sais parler de mon sujet de façon argumentée

Pour être bon(ne) le jour de l'oral, il faut maîtriser son sujet : j'y ai réfléchi de façon à mettre en valeur le plus important.

Cette maîtrise du sujet me permet d'être disponible à mon auditoire (ici le jury) pour bien interagir avec lui, c'est-à-dire être capable de bien écouter ses questions au moment de l'échange.

F Compétence 6 : je maîtrise le timing

Chaque moment de l'épreuve a une durée précise. Je suis seul(e) responsable de ma présentation initiale qui dure 5 minutes. Je dois donc m'entraîner à l'avance, me chronométrer et ajuster mon propos pour tenir la distance mais aussi ne pas la dépasser. Si je dois courir 100 mètres, je ne m'arrête pas au bout de 80 mètres et je ne vais pas non plus jusqu'à 150 mètres.

G Compétence 7 : j'apprends à ne plus avoir peur du jugement de l'autre

Parler en public, c'est se donner. Ce n'est pas un point d'arrivée, mais un point de départ. Chaque fois que j'hésite à parler par peur du regard de l'autre, c'est comme si je donnais un cadeau et que, au moment où l'autre s'en saisit, je le reprenais ! Est-ce agréable ? Quand on apprend à nager, on apprend à ne plus avoir peur de l'eau et, très vite, on se rend compte qu'on flotte. Pour parler en public, on apprend qu'on prend appui sur le public, son auditoire et le jury !

L'ÉPREUVE DU GRAND ORAL

H Compétence 8 : je m'engage dans mon propos

Parler en public n'est pas simplement un exercice de communication. C'est plus profondément un partage. **Le Grand Oral met en valeur ma réflexion personnelle** sur un sujet que j'ai choisi en lien avec une réflexion sur mon orientation et mon parcours. Pas la peine de copier/coller le sujet d'un(e) autre ou d'aller en récupérer un sur Internet ! Si je fais cela, je passe à côté de ma chance. Ce qui compte, c'est moi et de partir de moi !

3 Que valorise le jury ?

Comment ces huit compétences sont-elles évaluées le jour du Grand Oral ? Comment le jury en repère-t-il la maîtrise ? Voici les indicateurs principaux de réussite :

- **La qualité orale :** je parviens à susciter l'intérêt, ma voix soutient efficacement mon propos, je suis pleinement engagé(e) dans ma parole.
- **La pertinence du propos :** mes énoncés sont clairs et bien construits, mes connaissances sont précises, je peux les mobiliser avec facilité.
- **La qualité de l'interaction :** je suis à l'écoute du jury, je réponds, je contribue, je réagis et je suis capable de prendre l'initiative dans l'échange.
- **La qualité de l'argumentation :** ma démonstration est construite et appuyée sur des arguments précis, je maîtrise les enjeux de ma question, mon argumentation est personnelle et raisonnée.

JE RETIENS

- En préparant mon Grand Oral, j'acquiers une compétence fondamentale qui va m'aider pour la vie entière : parler en public.
- L'oral demande non seulement de bien préparer mon propos, comme pour l'écrit, mais aussi de l'incarner et de l'adresser.
- Le jour J, le jury appréciera autant mes capacités de clarté et d'argumentation que ma force de conviction et ma qualité d'écoute.

Je travaille mes sujets

1
Je choisis mes deux sujets

« Bien choisir mes deux sujets, c'est 50 % du résultat. »

Pourquoi le choix de mes sujets est-il très important ?

J'ai tout intérêt à choisir des sujets (des questions) qui m'intéressent vraiment avant de vérifier leur lien avec le programme de spécialité. Mes sujets, je vais leur consacrer plusieurs mois, je vais vivre avec, me documenter dessus, en parler, y réfléchir dans la durée et en rêver la nuit (mais si… !) : c'est ainsi que le cerveau fonctionne. Pendant plusieurs mois, ils vont être mes compagnons ! Est-ce que je partirais en voyage plusieurs mois avec le premier venu ?

1 Partir de mon expérience

A Je suis à l'origine de mes sujets

J'ai intérêt à partir de moi, de mon **stage de découverte** réalisé en Troisième ou en Seconde, des rencontres que j'ai faites, de mes activités extrascolaires.

Prenons l'exemple d'un élève de Première qui ne savait pas du tout quoi choisir. Il est parti de sa pratique sportive : il est basketteur, sportif de haut niveau. Il s'est demandé quel aspect de sa pratique sportive pouvait constituer un sujet de Grand Oral. Il en est arrivé à l'idée de travailler sur le corps du basketteur : existe-t-il une norme en la matière ? Est-ce acquis de naissance : existe-t-il un gène du basketteur ? Ou le corps du basketteur est-il le résultat des entraînements, d'une discipline sans relâche ? Ou encore une combinaison des deux ?

B Le choix personnel de mes deux questions, colonne vertébrale de mon Grand Oral

Que la question que je choisis réponde vraiment à mon questionnement est la clé du succès : c'est **50 % de la réussite**. Si je décide de mon sujet de façon personnelle, tout s'enchaînera avec facilité ensuite, pendant les 20 minutes de mon Grand Oral. Le lien que je fais entre mon sujet et la réflexion sur mon parcours est en effet déterminant :

- Lors de la présentation, je dois commencer par expliquer **pourquoi j'ai choisi de préparer ma question**.

- Pendant les 10 minutes d'échange qui suivent, le jury m'invite à préciser et approfondir ma pensée : **si j'ai choisi un sujet qui m'intéresse, je l'aurai mieux préparé et je le maîtriserai mieux** ! Je pourrai aussi mieux argumenter en utilisant des éléments nourris de mon expérience et de ce que j'ai observé directement, en complément des savoirs théoriques.

- Enfin, pendant les 5 dernières minutes, **je dois expliquer en quoi la question traitée éclaire mon projet de poursuite d'études, voire mon projet professionnel**. J'expose les différentes étapes de maturation de mon projet : rencontres, engagements, stages, mobilité internationale, intérêt pour les enseignements communs, choix de mes spécialités... Et la manière dont je souhaite mener mon projet professionnel après le bac.

2 Faire le lien avec le programme de l'enseignement de spécialité (→ p. 24-39)

A Une articulation facile à réaliser

Une fois mon sujet repéré, il me faut vérifier avec quel aspect du programme de spécialité il peut être articulé (ou des deux programmes de spécialité si je choisis de le traiter de façon transversale). C'est plus simple qu'on ne le croit car les programmes des enseignements de spécialité sont vastes. De plus, les textes officiels précisent que c'est bien le programme du cycle terminal qui peut être interrogé, c'est-à-dire celui des classes de Première et de Terminale. Dans notre exemple précédent, le sujet sur le corps du basketteur peut être interrogé à la lumière du programme de SVT de spécialité qui porte sur le génome, mais aussi sur le muscle et les activités réflexes, c'est-à-dire la part la plus importante du programme de Terminale.

B Ce qu'il faut éviter

Partir du programme pour trouver son sujet. C'est faussement rassurant et c'est le meilleur moyen de ne pas travailler sur un sujet personnel. Si je prends un sujet qu'on me propose, ou pire encore, si je vais le chercher sur Internet, je pars dans les pires conditions parce que je ne réponds pas à l'esprit de l'épreuve qui est de partir de moi. Je vais avoir beaucoup de mal à avancer pendant toute l'année pour obtenir finalement sans doute un résultat médiocre car j'aurai beaucoup de mal à tenir la distance des 20 minutes lors de l'oral.

3 Faire le lien avec mon parcours et mes souhaits d'orientation

A Trouver la cohérence avec le projet post-Bac

Au cours de l'épreuve, je dois également mettre les savoirs que j'ai acquis, particulièrement dans mes enseignements de spécialité, au service d'une argumentation et montrer comment ces savoirs ont nourri mon projet de poursuite d'études, voire mon projet professionnel. C'est pourquoi il est si important que le choix de mes deux sujets découle d'un intérêt sincère et d'une curiosité intellectuelle pour la question.

Reprenons l'exemple du basketteur : si je suis sportif(ve) de haut niveau et que j'étudie ce que le corps du basketteur doit à l'inné ou à l'acquis, en lien avec une réflexion sur le génome (programme de SVT en spécialité de la voie générale), et si je prévois des études de STAPS (sciences et techniques des activités physiques et sportives) après le bac, tout est cohérent et mon oral est sur de bons rails.

B Ai-je le droit d'avoir des doutes ?

J'ai évidemment le droit de ne pas avoir un projet professionnel bien défini. Il est normal et même très sain d'avoir encore des doutes concernant ses choix d'orientation à 18 ans. Il sera alors important de formuler en quoi consistent mes questionnements mais aussi les étapes de mon cheminement. Peut-être ai-je cru à un moment donné que tel choix d'orientation était celui qui me convenait et je me rends compte que ce n'est plus le cas. Ce qui importe alors est de pouvoir expliquer ce changement et comment je m'emploie à résoudre mes questions, par exemple par des rencontres, des lectures ou des stages. C'est mon avenir qui est en jeu. À moi d'en être l'acteur et de ne pas laisser d'autres ou les circonstances décider pour moi. C'est cela aussi le sens de l'oral de maturité.

4 Quand dois-je choisir mes sujets ?

Le mieux est d'y réfléchir dès la classe de Première. Certains pourront même choisir leur enseignement de spécialité en fonction du sujet de Grand Oral envisagé. C'est une démarche très cohérente puisque le choix du sujet est articulé à une réflexion sur mon parcours. Ainsi, je peux très bien **avoir une idée de mes deux sujets dès les mois de janvier ou février de l'année de Première**.

Je peux aussi remettre ce choix à plus tard et poursuivre ce questionnement avec l'aide de mes enseignants de spécialité au printemps de la classe de Première. J'ai tout intérêt à être en mesure de **décider définitivement de mes sujets au début de l'année de Terminale** : j'ai ainsi le temps de mener ma réflexion et de nourrir ma documentation tranquillement et dans la durée (→ p. 46).

S'il est utile de décider de ses deux sujets plusieurs mois à l'avance, je garde néanmoins une sécurité pour reformuler ou préciser mes questions. **Ce n'est qu'au printemps de l'année de Terminale que tout se joue définitivement** : lorsque je transmets mes deux questions au jury sur une feuille signée par chaque professeur de spécialité et portant le cachet de l'établissement.

5 Bac général : un sujet sur un thème de spécialité ou transversal ?

Là aussi, je garde **la règle d'or** : d'abord choisir mon sujet et ensuite seulement chercher les liens avec le ou les programmes de spécialité. J'ai trois possibilités :

- je choisis chacun de mes sujets en lien avec chacun de mes programmes de spécialité ;
- je choisis deux sujets transversaux à mes deux programmes de spécialité ;
- je choisis une question adossée à un enseignement de spécialité et une question transversale aux deux enseignements de spécialité.

Reprenons l'exemple de l'élève qui est en spécialité SVT et qui a choisi de travailler sur le corps du basketteur. Ce sujet peut être étudié exclusivement en lien avec le programme de SVT (auquel cas la question devient : « Le corps du basketteur : quelle part d'inné ? quelle part d'acquis ? ») mais aussi de manière transversale avec d'autres programmes de spécialité. En voici quelques exemples :

Spécialité	Partie du programme concernée	Question proposée pour le Grand Oral
Histoire-géographie, géopolitique	Les lieux et les formes de la puissance des États-Unis (1re)	Le corps du champion et l'exemple des médaillés olympiques
Humanités, littérature et philosophie	L'humanité en question, l'humain et ses limites : jusqu'où peut-on aller ? (Tale)	L'homme augmenté et le corps du champion
Physique-chimie	Aspects énergétiques des phénomènes mécaniques (1re)	Le geste du basketteur et son entraînement : comment calculer la performance d'un mouvement ?
Sciences économiques et sociales	Marchés concurrentiels et imparfaitement concurrentiels (1re)	Y a-t-il un marché des champions de basket-ball ? Quelles sont ses caractéristiques ?

La liste n'est pas limitative. Il ne faut pas hésiter à vérifier la pertinence de mes intuitions avec mes enseignants !

6 Bac technologique : deux sujets sur un enseignement de spécialité

Les deux questions portent sur l'enseignement de spécialité pour lequel le programme prévoit la réalisation d'une étude approfondie. Les questions que je présente me permettent de construire une argumentation pour définir les enjeux de mon étude, la mettre en perspective, analyser la démarche engagée au service de sa réalisation ou expliciter la stratégie adoptée et les choix opérés en termes d'outils et de méthodes (→ p. 38).

JE RETIENS

Pour choisir mes sujets, je pars de mon expérience et de mes souhaits d'orientation, de mes rencontres et de mes lectures, bref, de ce qui m'intéresse vraiment. Je fais ensuite, mais ensuite seulement, le lien avec le programme de spécialité.

FICHE 1

JE CHOISIS MON SUJET EN MATHS

AVEC DES VRAIS SUJETS PRÉSENTÉS AU GRAND ORAL

1 D'où partir pour choisir mon sujet[1] ?

A Une notion du programme, un point de l'histoire des mathématiques, une démonstration

- À quoi servaient les logarithmes et à quoi servent-ils aujourd'hui ?
- Quelle est la place du zéro dans l'histoire ?
- Comment comprendre le fonctionnement de la machine Enigma ?

B Le croisement avec d'autres spécialités

- **Maths et SES :** Les maths permettent-elles de s'enrichir en Bourse ? Comment la loi de Benford permet-elle de déceler les fraudes fiscales ? Quelle est l'utilité de la convexité et du point d'inflexion pour les entreprises ?
- **Maths et philosophie :** Comment représenter l'infini ?
- **Maths et numérique / numérique et sciences informatiques :** les enjeux algorithmiques dans la construction d'outils connectés…
- **Maths et HLP :** Comment comprendre la formule « Un coup de dé jamais n'abolira le hasard » ?
- **Maths et sciences de l'ingénieur :** Entendre le nombre d'or, est-ce possible ?
- **Maths/HGGSP :** Quels sont les enjeux géopolitiques de la connaissance mathématique ?

C Une notion mathématique à laquelle rattacher des enjeux sociétaux

- Comment les mathématiques influencent-elles les politiques démographiques ?
- Comment le niveau d'instruction des mathématiques en France s'est-il dégradé au fil des ans et quel en a été l'impact sur l'image et le rayonnement de la France à l'étranger ?
- En quoi la méthode par échantillonnage permet-elle de prendre une décision publique dans un contexte de crise sanitaire ?
- En quoi certaines fonctions mathématiques permettent-elles de prédire l'évolution de la Covid 19 ?

D Une notion du programme qui sera étudiée dans mes études post-bac

- Les modélisations, les situations de type « faux positifs », les notions vectorielles pour préparer l'algèbre linéaire…

CONSEIL

J'ai intérêt à consulter le programme en maths des formations que j'envisage après le bac et à en discuter avec mon professeur !

E Une notion du programme à fort enjeu pédagogique

- Comment aider des élèves de 5e à présenter un oral en maths ?

1. *Sources :* « Rapport de l'IGESR sur le Grand Oral » (2020) et sujets présentés par des lycéens candidats en 2021 (voir le plan d'Antoinette).

- La musique peut-elle devenir un instrument pédagogique pour enseigner les mathématiques ?

2 Ce que je dois éviter

1) Réciter, faire un exposé sans âme ni approche personnelle.
2) Se réfugier dans un jargon mathématique.

SUJET 20/20

Le nombre d'or dans les œuvres d'art : les mathématiques peuvent-elles dire la beauté ?

Le plan d'Antoinette

Introduction
Pourquoi et comment j'ai choisi mon thème, puis défini ma question.

Une question singulière exprimée de façon stimulante.

1. Qu'est-ce que le nombre d'or, noté Φ ?

a) L'histoire de Φ

b) Le calcul de Φ
– Par des calculs de proportions.
– Grâce à la suite de Fibonacci.

c) Φ en géométrie

Souci de définir le sujet et de le préciser.

2. La beauté peut-elle s'exprimer en termes mathématiques ?

Souci de partir du plus simple : ce que l'on constate.

a) Les grandes œuvres d'art calquées sur Φ.
b) Toutefois, cette utilisation répond à une conception particulière du « beau » qui est celle de l'Antiquité et de la Renaissance : on le perçoit comme une donnée objective qui répondrait à des critères précis. Ce n'est plus la conception que nous en avons (elle a été remise en question par Kant notamment).

Remise en cause d'une idée reçue, en utilisant une source précise. Lien avec une autre discipline : la philosophie.

c) Ne pas tomber dans le travers de voir Φ partout : c'est un nombre réel qui a statistiquement des chances de se retrouver dans certaines mesures.

Prise de distance avec sa question. Nuances.

Sources principales
- *Le Nombre d'or*, de Fernando Corbalan (« Le Monde est mathématique », 2011).
- Manuels de mathématiques pour les parties calculatoires.
- *Les Éléments*, d'Euclide.
- *La Joconde*, *L'Homme de Vitruve* et *La Cène*, de Léonard de Vinci.

Lister ses sources permet d'organiser son travail. On peut choisir de les faire figurer sur le support à préparer juste avant le passage devant le jury et lui remettre la liste.

JE TRAVAILLE MES SUJETS

FICHE 2

Je choisis mon sujet en physique-chimie

AVEC DES VRAIS SUJETS PRÉSENTÉS AU GRAND ORAL

1 D'où partir pour choisir mon sujet[1]

A Un thème ouvert sur le monde scientifique, économique et industriel

- Ce thème peut relever de la physique, de la chimie ou être transversal aux 2 disciplines.
- Il peut aussi être transversal à la physique et/ou à la chimie et à un autre enseignement de spécialité :
  – **PC/SVT :** Quels choix pour les marqueurs radioactifs utilisés en imagerie médicale ?
  – **PC/Maths :** Comment les équations différentielles permettent-elles de modéliser le fonctionnement d'un condensateur dans un circuit électrique ?
  – **PC/Maths :** Quels sont les apports des traitements numériques pour l'étude des systèmes complexes en physique/chimie et leur évolution dans le temps ?

CONSEIL
Je recours à des données authentiques, quantitatives et à l'activité de modélisation en prenant appui sur des manipulations réalisées par moi et d'autres élèves, des résultats expérimentaux publiés, des articles scientifiques, des activités de programmation.

B Une question scientifique allant à l'encontre du sens commun

- **PC/SVT :** En quoi les aliments irradiés protègent-ils notre santé ?

C Une question d'actualité, au cœur d'un débat de société, donnant matière à controverses

- Dans quelle mesure une cheminée reste-t-elle un mode de chauffage adapté aux enjeux d'aujourd'hui ?
- Comment évaluer scientifiquement le projet d'implantation d'une éolienne sur l'île d'Ouessant et son bilan énergétique ?

D Une question classique

- En quoi l'énergie est-elle produite ou convertie ?
- Quels sont les besoins de sonorisation pour un concert en salle ou en plein air ?
- Quelles sont les différentes trajectoires du ballon au football et à quelles forces sont-elles dues ?

E Une question éclairant mon projet d'études ou professionnel

- **PC/SVT :** Quels sont les usages de l'effet Doppler en médecine ?

F Une question inspirée de l'histoire des sciences

- Comment la précision sur la mesure de l'intensité de la pesanteur a-t-elle évolué au fil des siècles ? Comment la précision sur la mesure de la célérité de la lumière a-t-elle évolué au fil des siècles ? (Ces 2 sujets permettent de travailler sur les ordres de grandeur.)

1. *Sources :* « Rapport de l'IGESR sur le Grand Oral » (2020) et sujets présentés par des lycéens candidats en 2021.

2 Ce que je dois éviter

A Une question trop ouverte ou complexe

Je ne pourrai pas la traiter pendant le temps imparti. Si, toutefois, je choisis une telle question, alors je n'aborde qu'un des aspects du problème ou une sous-question.

B Faire l'impasse sur la dimension expérimentale de ma question

Je ne dois pas hésiter à exploiter des résultats d'expérience pour valider ou non un modèle ou infirmer ou confirmer une hypothèse.

C Une question à laquelle on pourrait répondre par « oui » ou par « non »

Il est souhaitable que la question commence par : « En quoi ? », « Comment ? », « Dans quelle mesure ? », « Combien ? »

SUJET 20/20

Comment évaluer scientifiquement le projet d'implantation d'une éolienne sur l'île d'Ouessant et son bilan énergétique ?

→ Plutôt que le sujet de l'éolien en général, très vaste et complexe, le sujet est circonscrit sur un territoire avec des données concrètes et précises.

Introduction

Pourquoi et comment j'ai choisi mon thème, puis défini ma question.

1. Le projet P.H.A.R.E. et l'implantation d'une éolienne sur l'île d'Ouessant

– Les besoins énergétiques de l'île (60 t de fuel par semaine).
– Combiner hydrolien, éolien et mini-centrale ?
– L'objectif de l'autosuffisance.
– Bilan technique et scientifique des différentes solutions.

→ Un travail de documentation sur le terrain.

2. La contestation du projet éolien : la confrontation des arguments

– Les arguments scientifiques des partisans et des opposants :
- avantages mesurables de l'éolien ;
- bilan carbone et rendement énergétique de l'éolienne ;
- une énergie intermittente ;
- le danger pour les oiseaux ;
- évaluation de l'hydrolien ;
- un câble pour faire venir l'électricité du continent ?

– Les arguments non scientifiques.

→ Une distinction précise entre arguments scientifiques et non scientifiques.

Conclusion

– Refuser la « boîte noire » des experts (Bruno Latour).
– La limite des arguments scientifiques, l'enjeu d'une délibération politique et les choix à faire.

→ Bonne ouverture sur les enjeux démocratiques. Référence au sociologue des sciences de renommée mondiale Bruno Latour. Lien possible avec la spécialité HLP.

JE TRAVAILLE MES SUJETS

FICHE 3

Je choisis mon sujet en SES

AVEC DES VRAIS SUJETS PRÉSENTÉS AU GRAND ORAL

1 D'où partir pour choisir mon sujet[1] ?

A Les grandes questions contemporaines

- La réorganisation du commerce international autour d'accords de libre-échange est-elle souhaitable ?
- Doit-on craindre un retour de l'inflation ?

B Le croisement entre spécialités

- SES/HGGSP : Comment l'UE tente-t-elle de se positionner comme un exemple à suivre en matière de politique environnementale ?
- SES/HGGSP : Comment comprendre la microfinance en Afrique : outil de lutte contre la pauvreté ou outil de dépendance financière ?

C L'actualité

- En quoi la politique extérieure de Joe Biden influence-t-elle les marchés boursiers ?
- Le mouvement #MeToo illustre-t-il une évolution des répertoires de l'action collective ?

CONSEIL
Je croise mes spécialités sur un enjeu central de l'actualité !
« Comment les talibans articulent-ils l'utilisation de la manne issue du trafic de stupéfiants avec la promotion de leurs valeurs en Afghanistan ? »

D L'éthique et les valeurs

- Faut-il interdire les statistiques ethniques en France ?
- Quelle moralité sociétale pour les cryptomonnaies ?

E Un territoire, une période ou une population précis

- Pourquoi et comment les petits États du Pacifique ont-ils fait de la préservation de l'environnement une priorité de leur développement ?
- Quels sont les dangers des prêts étudiants aux États-Unis ?

2 Ce que je dois éviter

A Paraphraser un thème du programme

Je ne peux choisir comme sujet « La croissance économique est-elle compatible avec la préservation de l'environnement ? ». Mais je peux le contextualiser géographiquement : « La politique environnementale aux États-Unis : l'impossible défi ? »

1. *Sources :* « Rapport de l'IGESR sur le Grand Oral » (2020) et sujets présentés par des lycéens candidats en 2021 (voir le plan de Thomas).

B Exprimer des opinions non argumentées

Attention aux idées reçues ! « Les réseaux sociaux sont dangereux pour la démocratie » n'est pas un sujet problématisé. De plus, son champ est trop large pour les 5 minutes imparties. Je choisis une question plus précise : « Dans quelle mesure l'anonymité des publications sur Facebook peut-elle nuire au débat public en France ? »

SUJET 20/20

Quelle est l'utilité du secret ? (SES / HGGSP)

Le plan de Thomas

Introduction

Pourquoi et comment j'ai choisi mon thème, puis défini ma question.

1. Le secret politique : clé de la conservation et vecteur de *hard power*

a) La « conservation » de l'État et des gouvernants

– « La raison d'État est la raison principale des secrets » (Louis XIV, *Mémoires pour l'instruction d'un dauphin*, 1664-1665).

→ Source documentaire précise, historique et politique.

– Mais la raison d'État ne justifie pas tout. C'est ce qu'a démontré Edward Snowden en révélant le vaste système de surveillance téléphonique mis en place par la NSA au nom de la lutte contre le terrorisme.

→ Contre-argument contemporain. Mise en balance de l'argument précédemment exposé.

b) Le *hard power*

– Les services secrets sont des sources d'informations pour sauvegarder les populations.
Ils ont des informations sur les pratiques adverses (c'est un atout pour surpasser leurs rivaux).
Ex. : l'affaire Farewell

→ Discussion dialectique à partir du point précédent – qualité de la transition et de l'exemple.

2. Le secret économique : vecteur de croissance

a) Les brevets protègent du vol. Les innovateurs peuvent garder leur monopole et augmenter leur profit ou accorder des droits d'exploitations et bénéficier de droits d'auteur.

→ Clarté du raisonnement, articulant des thèmes du programme (« croissance ») et les notions de « brevets » et « droits de propriété ».

b) Les brevets sont socialement utiles.
Ils entraînent le progrès technique, moteur de croissance. « Nous n'aurions jamais existé sans les brevets » (Stéphane Bancel, PDG de Moderna).

→ Exemple actuel du vaccin Moderna.

Conclusion

Mais le secret fait peur, surtout lorsqu'il vient des gouvernants (rôle accru des médias et essor du complotisme).

→ Réponse claire et structurée à la question. Lien avec l'actualité.

JE TRAVAILLE MES SUJETS

FICHE 4

Je choisis mon sujet en SVT

AVEC DES VRAIS SUJETS PRÉSENTÉS AU GRAND ORAL

1 D'où partir pour choisir mon sujet[1] ?

A L'actualité

- Il peut s'agir de questions qui agitent la société, en lien avec l'éducation à la santé, le développement durable, les médias et l'information, les problèmes bioéthiques...
- Comment déterminer l'efficacité d'un vaccin ?
- Quel est l'impact du réchauffement climatique sur la santé ?
- Et si on arrêtait la consommation de viande pour sauver la planète ?

B Le croisement avec d'autres spécialités

- **SVT/Maths :** En quoi la décroissance radioactive nous permet-elle d'effectuer des datations en géologie ?
- **SVT/HGGSP :** Quelles sont les conséquences environnementales des migrations au sein du continent africain ?
- **SVT/Maths :** Les tests génétiques pour déterminer notre origine sont-ils fiables ?

C Une recherche appliquée au projet d'études ou professionnel

- **SVT/HGGSP :** En quoi l'apprentissage d'une langue mobilise-t-il la plasticité cérébrale ?
- Le clonage en agriculture : une piste pour couvrir les besoins alimentaires de l'humanité de demain ?
- Les microbes : des amis qui nous veulent du bien ?

CONSEIL

Je consulte le programme en SVT (ou dans les disciplines associées) des formations que j'envisage après le bac et j'en discute avec mon professeur ! Selon que je projette des études dans le secteur de la santé, de la nutrition ou encore des biotechnologies, en DUT, en licence ou en classes prépas, de nombreux thèmes passionnants s'offrent à moi.

2 Ce que je dois éviter

A Une simple question de cours que je récite

B Une question intéressante que je ne prends pas soin de traiter

Je n'instruis pas la question par des recherches personnelles et je l'analyse sans mobiliser les savoirs et savoir-faire acquis tout au long de ma scolarité.

1. *Sources :* « Rapport de l'IGESR sur le Grand Oral » (2020) et sujets présentés par des lycéens candidats en 2021 (voir le plan de Charlotte).

C Une question traitée sans point de vue scientifique

Je me contente de préjugés ou d'un avis personnel sur une question sujette à controverse, au lieu d'adopter une posture scientifique et de déplier sa complexité, en prenant soin de distinguer les faits avérés des opinions (la mienne et celle des différents acteurs).

SUJET 20/20

Le vaccin est-il une solution à la pandémie actuelle ?

Le plan de Charlotte

Introduction
Pourquoi et comment j'ai choisi mon thème, puis défini ma question.

➔ Imaginée en 2020-2021, alors que les données scientifiques sur le sujet ne sont diffusées que progressivement et que les rumeurs de toute sorte se propagent sur les réseaux sociaux, cette question est très actuelle et vive.

1. Le principe de l'ARN messager
a) Explication du principe de l'ARN messager en tant que vaccin.
b) Les effets sur le corps.

➔ Une base solide : souci de définir et d'expliquer le sujet d'un point de vue scientifique.

2. Les limites
a) Le virus mue fréquemment ; donc le vaccin peut être moins efficace.
b) L'accès aux différents pays est freiné par les brevets (inégalités territoriales).

➔ Le propos ne reste pas européo-centré.

c) Le refus de la vaccination par la population

➔ Qualité de l'instruction. Le refus de la vaccination est anticipé alors que l'obligation vaccinale et les mouvements antivax successifs n'auront lieu que plusieurs semaines plus tard.

d) Le vaccin allège les formes graves mais n'empêche pas la contamination et donc la transmission.

➔ Des faits et des analyses scientifiques très fins alors que ces limites ne seront vraiment connues dans les médias grand public qu'au cours de l'été, voire à l'automne 2021.

Conclusion
– Le vaccin est-il une solution provisoire ? Faudra-t-il le renouveler tous les ans ?
– Espoir, avec une étude de *The Nature* (journal scientifique anglophone), sur un vaccin pancoronavirus testé sur des macaques et qui a révélé une certaine efficacité.

FICHE 5

Je choisis mon sujet en HGGSP

AVEC DES VRAIS SUJETS PRÉSENTÉS AU GRAND ORAL

1 D'où partir pour choisir mon sujet[1] ?

A Les grands axes du programme

- Ceux qui ouvrent des pistes de réflexion sur des enjeux cruciaux du monde contemporain : la démocratie, les frontières, les médias, les relations entre États et religions. Par exemple : « Dans quels cas la violence est-elle légitime ? »

B Les bouleversements géopolitiques du début du XXIe siècle

- Par exemple, les récentes crises économiques : « De la crise de 2009 à celle de 2020 : l'UE a-t-elle appris de ses erreurs ? »
- Le Brexit : « Comment la frontière nord-irlandaise suscite-t-elle des tensions dans le cadre du Brexit ? »
- Les révolutions arabes : « En quoi la révolution tunisienne témoigne-t-elle des nouvelles formes que prend la revendication de liberté ? »

C Le croisement entre spécialités

- HGGSP/SES : Comment la 5G de Huawei illustre-t-elle la rivalité commerciale sino-états-unienne ?
- HGGSP/SES : La gouvernance mondiale pour le climat est-elle efficace ?

D Les grandes questions de société

- Dans quelles mesures la neutralité du Net est-elle primordiale pour la société de la connaissance ?
- Dans quelles mesures le matrimoine témoigne-t-il des inégalités de représentation entre les hommes et les femmes ?

E Un questionnement sur une période précise de l'Histoire

- En quoi la ville de Berlin est-elle représentative des enjeux de l'espionnage pendant la Guerre froide ?

CONSEIL
Je réalise un schéma récapitulatif comme support à remettre au jury (tableau, carte mentale, croquis…) qui présente les grandes articulations de mon sujet ou les liens logiques qui structurent mon propos.

2 Ce que je dois éviter

A Les banalités ou les sujets stéréotypés

La spécialité croise déjà plusieurs disciplines : histoire, géographie, géopolitique et sciences politiques. Le programme du cycle terminal et l'actualité mondiale sont

1. *Source :* « Rapport de l'IGESR sur le Grand Oral » (2020) et sujets présentés par des lycéens candidats en 2021 (voir le plan de Meïssane).

suffisamment riches pour susciter des thèmes et des sujets originaux et singuliers (éviter, par exemple, « Quelles ont été les causes de la Première Guerre mondiale ? »).

B Un sujet trop descriptif

C'est-à-dire un sujet qui n'est pas problématisé et ne me permet pas d'éclairer les enjeux contemporains.

SUJET 20/20

Quels sont les enjeux géopolitiques de la connaissance mathématique ? (HGGSP/Maths)

→ Sujet singulier et formulé de manière stimulante. Il articule intelligemment la notion de « connaissance mathématique » avec celles de « territoire » et de « pouvoir ».

Le plan de Meïssanne

Introduction

Pourquoi et comment j'ai choisi mon thème, puis défini ma question.

→ Interrogation pragmatique.

1. La place centrale des mathématiques dans nos sociétés

a) Les maths au sein de l'innovation et de la connaissance

b) Les maths au sein du système éducatif

→ À la question posée en 1), réponse donnée en 2 parties, aux titres clairs et permettant de nombreux exemples actuels : l'exploration de la planète Mars, la place prépondérante de la spécialité « Mathématiques » dans le choix des lycéens.

2. Les mathématiques : un enjeu de puissance au niveau international

a) Les facteurs de la puissance d'un État

→ Point permettant d'aborder le problème de la « fuite des cerveaux ».

b) La valorisation de l'enseignement scientifique comme stratégie pour rivaliser sur la scène internationale

→ Exemple contemporain de la politique chinoise d'éducation : envoi des meilleurs étudiants du pays dans les grandes universités planétaires à la pointe de la recherche mathématique.

Conclusion

→ La question formulée permet, en 5 minutes, de démontrer, d'une part, le poids des mathématiques en géopolitique et de pointer, d'autre part, les risques d'inégalités qu'il peut créer entre pays et au sein des populations.

FICHE 6

Je choisis mon sujet en LLCER-AMC

AVEC DES VRAIS SUJETS PRÉSENTÉS AU GRAND ORAL

1 D'où partir pour choisir mon sujet[1] ?

Le programme du cycle terminal propose de nombreux objets d'étude précis, stimulants et au cœur des enjeux contemporains. Par exemple, en AMC :

A Le questionnement sur le modèle libéral des pays anglo-saxons

- Ce thème ouvre la possibilité de croiser les spécialités : Que révèlent les films de Ken Loach des mutations de l'emploi au Royaume-Uni ? (LLCER-AMC/SES)

B Les revendications identitaires et la question des frontières

- Avec le Mexique pour les États-Unis, avec l'UE et la République d'Irlande pour le Royaume-Uni, par exemple.

C L'héritage commun et les relations de partage culturel entre anciennes puissances impérialistes et anciens pays vassaux

- Quelles sont les conséquences de la décolonisation en Inde ?

D La société du savoir et les systèmes éducatifs

- Dans quelle mesure la littérature a-t-elle contribué à l'émancipation des femmes dans le XIXe siècle britannique ?

CONSEIL
Je formule mon sujet et j'effectue une partie de l'épreuve dans la langue concernée !

2 Ce que je dois éviter

A Considérer ma question comme un prétexte à évaluer ma compétence linguistique

L'évaluation de ma seule compétence linguistique sera déjà l'objet d'un autre oral ! Avoir un bon niveau d'anglais, en AMC par exemple, n'est pas suffisant ; je dois pouvoir exprimer un propos, un point de vue et le soutenir de façon argumentée. La question de la « rencontre » avec un thème d'étude est importante : « Qu'est-ce que le travail en LLCER m'a apporté, sur des aspects du programme qui m'intéressent particulièrement ? »

B M'exprimer uniquement dans ma langue de spécialité

- Dans mon jury, j'aurai un professeur non spécialiste. Je dois donc pouvoir m'exprimer de façon fluide à la fois en français et dans ma langue de spécialité. Si l'examinateur qui ne maîtrise pas la langue me pose des questions sur ce que je viens d'exprimer dans cette même langue, je peux alors lui fournir des explications ; je montre ainsi ma capacité à expliciter et vulgariser mon propos d'une langue à l'autre !

1. *Sources :* « Rapport de l'IGESR sur le Grand Oral » (2020) et sujets présentés par des lycéens candidats en 2021 (voir le plan d'Alice).

• Dans son rapport sur le Grand Oral, l'Inspection générale propose l'organisation suivante :
– début de la présentation de la question en français ;
– suite et fin de la présentation en langue de spécialité ;
– première moitié de l'échange en langue de spécialité ;
– seconde moitié de l'échange en français (ce qui permet au [à la] candidat[e] de poursuivre en français pour le 3e temps de l'épreuve)

SUJET 20/20

En quoi le Brexit bouleverse-t-il le fragile équilibre de la frontière irlandaise ?

Le plan d'Alice (LLCER/AMC)

Introduction

Pourquoi et comment j'ai choisi mon thème, puis défini ma question.

1. La frontière irlandaise : la résolution fragile d'un conflit ancestral

a) Un schisme religieux dès l'origine

– Signature de l'acte d'Union (1801) : sentiment antibritannique (insurrection de 1916).

– 1921 : séparation de l'île en deux par les Anglais.

– 1960-1990 : années de troubles (*Bloody Sunday*).

b) Une pacification récente et fragile

– Cessez-le-feu (1997) ; accords du Vendredi saint (1998).

– Désarmement de l'IRA ; fin des revendications territoriales, disparition de toute frontière physique.

2. Le Brexit ou le réveil des vieux démons

a) Ce que le Brexit a changé

Contrôles douaniers en mer d'Irlande ; pénuries ; violences.

b) Instabilité et crise politique

– Démission d' Arlene Foster, Premier ministre d'Irlande du Nord, le 28 avril 2021.

– Coalition DUP/Sinn Féin.

– Démission d'Edwin Poots le 17 juin 2021.

Conclusion

Le retour à une Irlande unifiée ?

➡ Qualité du sujet interrogeant et liant à la fois un objet d'étude spécifique au programme du cycle terminal (les espaces frontaliers) et un thème d'actualité.

➡ Choix d'un plan « historique » (voir p. 55).

➡ Cette 1re partie correspond à « Hier ». Elle met en perspective des événements historiques de façon précise et documentée.

➡ 2e partie : « Aujourd'hui », avec des éléments factuels et précis tirés de l'actualité, structurés selon un rapport cause/conséquence.

➡ Ouverture vers « Demain ».

FICHE 7

Je choisis ma question en HLP

AVEC DES VRAIS SUJETS PRÉSENTÉS AU GRAND ORAL

1 D'où partir pour choisir mon sujet[1] ?

A Une œuvre, un ou plusieurs textes

- **Homère, *Odyssée*, chant XII (les Sirènes), et/ou Ovide, *Les Métamorphoses*, X (Orphée) / Les pouvoirs de la parole :** Sur quoi reposent les charmes de la parole ?

B Une notion du programme ou plusieurs mises en relation

- **Les représentations du monde / Décrire, figurer, imaginer / L'humanité en question / Histoire et violence :** L'éducation est-elle une barrière à la monstruosité humaine ? Quel est le rôle des artistes dans la construction d'une mémoire de la guerre d'Algérie ? Comment le mythe d'Icare représente-t-il les fantasmes humains ?

C L'analyse d'une situation précisément délimitée, d'une enquête documentée

- **Les représentations du monde / Décrire, figurer, imaginer :** Le travail du journaliste est-il le même que celui de l'écrivain ?

D Un ou deux auteurs mis en rapport avec une ou plusieurs entrées du programme

- **Marguerite Yourcenar / L'humanité en question / Création, continuités, ruptures :** En quoi les romans de Marguerite Yourcenar cherchent-ils, dans les figures du passé, des modèles pour les hommes et les femmes du XXe siècle ?

CONSEIL

J'articule littérature et philosophie. Soit en équilibrant les 2, soit en accentuant la part de philosophie ou, au contraire, de littérature en fonction du sujet et de mes choix.

E Une ou plusieurs pratiques esthétiques mises en rapport avec une entrée du programme

- **La recherche de soi / Les métamorphoses du moi :** Le « selfie » est-il un autoportrait ?

F L'analyse d'une œuvre d'art

- **L'humanité en question / L'humain et ses limites :** Pouvoir et technique dans *Docteur Folamour* de Stanley Kubrick.

CONSEIL

Je parle de moi. Plus encore que dans les autres disciplines, je dois formuler par moi-même mon sujet : sa construction fait partie du défi. Le professeur peut, toutefois, m'accompagner dans l'élaboration de ma question en m'aidant à préciser les termes qui la composent.

G Une approche transversale sur un sujet avec une autre discipline

- **HGGSP et HLP :** Dans quels cas la violence est-elle légitime ?

1. *Sources :* « Rapport de l'IGESR sur le Grand Oral » (2020) et sujets présentés par des lycéens candidats en 2021 (voir le plan de Charlotte).

2 Ce que je dois éviter

A Rester trop général : les connaissances que j'utilise (notions, concepts, exemples) doivent être précises.

B M'éparpiller sans donner une structure à mon propos.

C Confondre ce qui est certain et des hypothèses, des postulats, des pistes d'analyse… qui comportent, par nécessité – et c'est la beauté de la discipline HLP –, une part d'incertitude.

SUJET 16/20

La culture est-elle un vecteur de paix ? (HLP et HGGSP)

Le plan de Charlotte

Une question intéressante qui promet d'aller à l'encontre des lieux communs.

Introduction

Pourquoi et comment j'ai choisi mon thème, puis défini ma question. La culture, ce sont les normes et institutions humaines, mais aussi ce qui relève des arts et de la langue.

Un souci de définition des termes du sujet qui ouvre le questionnement.

1. La culture, source de paix

La philosophie des Lumières soutient que le progrès et la culture favorisent la paix entre les hommes.

Analyse classique et utile.

2. La culture, source d'agressivité

Les apports de Freud

a) Présentation de la thèse de Freud dans *Malaise dans la civilisation*, selon laquelle l'agressivité est exacerbée par la culture.

b) Effondrement du mythe du progrès avec les deux Guerres mondiales.

Bonne mise en perspective et contre-balancement de la 1re partie.

3. La paix entre les cultures est-elle possible ?

Présentation des thèses d'Huntington et de Lévi-Strauss qui s'opposent sur la notion de « culture » (arts, langue, religion) et sur la possibilité ou non d'une paix entre les cultures.

Références pertinentes et actuelles.

Ensemble sérieux. Toutefois, la question très générale peut s'apparenter à une question de cours. Il aurait pu être intéressant de resserrer le champ de l'étude en la focalisant sur deux auteurs simplement ou un contexte historique précis. « Qui trop embrasse peu étreint. »

JE TRAVAILLE MES SUJETS

FICHE 8

Je choisis mon sujet en STMG

En voie technologique, mes 2 questions doivent s'inspirer de l'étude approfondie que j'ai réalisée au cours du cycle terminal, elle-même s'appuyant sur l'un des 2 enseignements de spécialité. Dans certaines séries (en STMG, par exemple), cette étude correspond au projet réalisé en cours d'année.

1 D'où partir pour choisir mon sujet ?

Tout commence donc par le choix du sujet de mon étude approfondie. C'est un parcours qui débute bien en amont de l'épreuve !

A Bien choisir le sujet de mon étude approfondie

- Pour sélectionner mon sujet d'étude :

– je m'interroge sur une *organisation* dont j'identifie un problème de gestion relevant de ma spécialité STMG ;

– je choisis cette organisation en fonction de mon projet d'orientation, de mes préoccupations ou centres d'intérêt, ou de sa situation territoriale (proche de chez moi, par exemple).

- Si je peux mener mon étude en équipe avec d'autres élèves, la dimension personnelle de mon questionnement reste fondamentale.

B De l'étude approfondie aux sujets du Grand Oral

- Mon étude approfondie me fournit, ainsi, un creuset de questionnements fertile. Je peux, entre autres, choisir de m'interroger :

– sur les enjeux de mon étude : je la mets en perspective, en passant, par exemple, de l'échelle de l'organisation à l'échelle macroéconomique – dans quelle mesure une entreprise doit-elle s'endetter ? (*gestion/finance*) ;

– sur la démarche engagée au service de sa réalisation : comment les processus d'évaluation des entreprises leur permettent-ils d'améliorer leurs performances ? (*gestion/finance*) ;

– sur la stratégie adoptée et les choix opérés en termes d'outils et de méthodes : comment les outils statistiques façonnent-ils notre perception de la réalité économique ?

C 2 stratégies possibles pour la sélection de mes sujets

– Je l'effectue dès le choix de l'organisation dans le cadre de mon étude approfondie, et je développe ma réflexion pour le Grand Oral en parallèle de mon étude.

– Je réalise mon étude approfondie, puis je sélectionne mes 2 sujets.

CONSEIL

Je me penche sur le programme de Terminale pour développer ma réflexion ! Lorsque je réaliserai mon étude, je n'aurai pas encore l'ensemble des thèmes en MSDGN qui peuvent m'ouvrir beaucoup de possibilités de sujets.

2 Ce que je dois éviter

A Une description abstraite de l'organisation

Un des objectifs en STMG est « la reconstruction pertinente de données » : je dresse une cartographie de l'organisation que j'ai choisie à travers des données précises :
– sur l'organisation (par exemple, les données comptables) ;
– sur l'environnement, l'écosystème…

CONSEIL
Je pense à bien illustrer les différents arguments d'exemples concrets tirés de mon expérience du terrain !

B Une redite de l'étude approfondie

SUJET 20/20

La dématérialisation des processus comptables et financiers permet-elle d'améliorer la performance de l'entreprise ?

Gestion finance

Mon étude approfondie : un magasin indépendant d'ameublement et de décoration, dans lequel j'ai constaté que le gérant n'utilisait pas d'outils numériques. Mon questionnement : « Quels sont les impacts de la transition numérique pour les entreprises ? »

➡ Articulation pertinente entre une observation faite sur le terrain et une vraie question, aux enjeux économiques et sociétaux.

Introduction

Pourquoi et comment j'ai choisi mon thème, puis défini ma question.

1. Une réduction des coûts économiques et environnementaux

- Gain d'efficacité : accélération des flux d'informations, meilleure réactivité.
- Gain de temps pour les salariés, tâches plus valorisantes.
- Meilleure traçabilité, démarche RSE des organisations.

➡ Nombreux exemples concrets qui viennent appuyer le 1er élément de réponse en 1.

2. Un investissement et une réorganisation à penser intelligemment

- L'importance d'associer les salariés au changement.
- Nécessité de sécuriser les nouveaux systèmes d'information (règlement RGPD).

➡ Qualité de la structure argumentative : après les impacts positifs, analyse des limites et des potentiels inconvénients.

Conclusion

La dématérialisation des processus comptables et financiers permet aux entreprises d'améliorer leur performance dans de nombreux domaines.
Elle doit, néanmoins, s'accompagner d'un investissement financier et humain, afin d'être comprise et sécurisée.

➡ Une réponse précise à la question initiale qui résume le cœur du message en 2 phrases.

2

22 SUJETS POSSIBLES

« Le moment le plus important de ma préparation, c'est celui où je choisis mes sujets. »

Comment m'aider à réfléchir à partir des exemples des autres ?

Choisir son sujet peut être intimidant. Rien de tel pour se donner des repères que de voir comment d'autres s'y sont pris.

1 L'exemple de 11 lycéens

Pour m'aider à réfléchir, voici l'exemple de 11 lycéens et des 22 sujets qu'ils ont choisi de traiter en lien avec le programme et leurs souhaits d'orientation (→ p. 42).

Les sujets possibles sont innombrables, il ne faut pas se limiter dans sa réflexion. Les programmes auxquels on articule les sujets sont eux-mêmes très vastes. Les parcours et les vœux d'orientation des un(e)s et des autres sont propres à chacun(e).

La singularité d'un choix est ce qui fait la valeur de la question. Le jury sera forcément sensible à cette preuve de maturité.

Dans le tableau qui suit, certains profils ont d'emblée une grande cohérence. D'autres choix de sujets peuvent résulter d'une réflexion plus récente. C'est la liberté de chacun(e).

2 Comment s'y sont-ils pris ?

A Jade, STI2D (→ p. 45)

1. Méthodologie de recueil des données concernant l'éolien
2. Avantages et inconvénients comparés de l'éolien terrestre et l'éolien off-shore

As-tu décidé de ton sujet tout de suite ?

J'ai commencé à réfléchir à mes sujets dès la Première. Au départ, je voulais faire quelque chose sur la perte de variété de la faune et de la flore face au changement climatique. Mais le sujet était bien vaste et allait peut-être trop vite dans mon sens. Je me suis aperçue, en tombant sur une pétition en ligne sur Facebook, que l'éolien, qui paraît une pratique vertueuse par rapport au défi climatique, est de plus en plus contesté. J'ai voulu en avoir le cœur net. J'en ai parlé à ma prof à la rentrée qui a accepté que je travaille dessus en m'encourageant à faire équipe avec d'autres élèves pour la préparation.

B Raphaël, spécialités HGGSP et Physique-chimie (→ p. 45)

1. La gastronomie française existe-t-elle ?
2. Quel est l'avenir de la cuisine moléculaire ?

1 Comment as-tu décidé de tes sujets ?

La cuisine, c'est ma passion ! Dès la Première, j'ai regardé les programmes des spécialités que j'envisageais et j'ai choisi Histoire-géographie, géopolitique et sciences politiques et Physique-chimie en fonction de mes sujets. J'ai eu la chance, en Troisième, de faire un stage auprès d'un chef cuisinier qui est spécialiste de cuisine moléculaire. Alors, c'est venu tout seul.

2 La préparation du Grand Oral, ça représente combien d'heures de travail ?

Oulah ! Moi je ne compte pas. Quand on aime… Tout cumulé, peut-être une centaine d'heures par sujet ! Je pourrais en parler pendant des heures. Mon enjeu, ça va être de faire ma présentation en seulement 5 minutes ! C'est comme en cuisine, on apprend à faire des fonds bruns, des os et des carcasses qu'on fait rissoler, qu'on met dans une marinade avec des légumes et des aromates qui réduit pendant 3 heures sur le feu. À la fin, il reste la base avec tous les sucs pour faire des sauces ensuite : c'est peut-être 10 ou 20 % du liquide qu'il y avait au départ !

JE RETIENS

Avant tout, c'est mon cheminement personnel qui me permet de bien choisir mes deux questions pour le Grand Oral.

JE TRAVAILLE MES SUJETS

Mon prénom	Mes centres d'intérêt et mes particularités	Mon stage découverte	Ce que j'envisage après le Bac	Mes enseignements de spécialité en Terminale	Mes deux sujets pour le Grand Oral et le programme associé
Nina 	• Je suis passionnée par la mode. • Je pratique le kick-boxing.	Dans une entreprise de luxe française	Du marketing dans le secteur du luxe	• SES • Histoire-géographie, géopolitique et sciences politiques	**SUJETS TRANSVERSAUX** 1 Comment l'industrie du luxe renonce-t-elle à la fourrure animale ? (→ p. 55) 2 La protection de l'environnement : une chance pour l'économie mondiale ? (→ p. 61) PROGRAMME • SES 1re Comment un marché concurrentiel fonctionne-t-il ? Tale Quelle action publique pour l'environnement ? • Histoire-géographie, géopolitique et sciences politiques Tale L'environnement, entre exploitation et protection : un enjeu planétaire
Gabriel 	• J'ai appris à gérer mon stress grâce aux jeux vidéo. • Je fais partie d'un club de salsa.	Dans une agence bancaire	Une école de commerce	Série STMG • Management, sciences de gestion et numérique	**ÉTUDE APPROFONDIE :** 1 Quelles mesures concrètes pour améliorer la qualité de vie au travail ? 2 Les techniques de récupération rapide au travail 3 La formation des salariés aux outils de gestion du stress (→ p. 80) PROGRAMME Tale • Comment assurer un fonctionnement cohérent des organisations ? • Contrôle des coûts : coût complet, coût spécifique • Comment fédérer les acteurs de l'organisation ? • Les organisations et la société

Mon prénom	Mes centres d'intérêt et mes particularités	Mon stage découverte	Ce que j'envisage après le Bac	Mes enseignements de spécialité en Terminale	Mes deux sujets pour le Grand Oral et le programme associé
Alice 	• Je pratique l'équitation depuis 10 ans. • Je suis végétarienne.	Au ministère des Affaires étrangères	Sciences Po ou des études d'histoire à l'Université	• Humanités, littérature et philosophie	1 L'intelligence artificielle et les données : menace ou espoir ? (→ p. 62 et 79) PROGRAMME Tle L'humain et ses limites
				• Histoire-géographie, géopolitique et sciences politiques	2 Quels États détiennent la puissance numérique ? (→ p. 56) PROGRAMME Tle Le cyberespace : conflictualité et coopération entre les acteurs
Liam 	J'écris des nouvelles et des poésies ; en moyenne, j'y consacre 1 h 30 par jour.	À l'office du tourisme de ma commune	Des études de littérature en classe préparatoire ou à l'Université	• Humanités, littérature et philosophie • Langues, littératures et cultures étrangères et régionales Anglais	SUJET HLP 1 La poésie peut-elle encore être moderne ? (→ p. 57 et 80) SUJET TRANSVERSAL 2 La création d'un monde : le lexique propre aux œuvres créatrices et visionnaires (→ p. 60) PROGRAMME • Humanités, littérature et philosophie Tle Création, continuités, ruptures • Langues, littératures et cultures étrangères et régionales / Anglais 1re L'imagination créatrice et visionnaire
Mathias 	Geek à fond.	Chez un assureur	Une école d'ingénieur informatique	STI2D • Système d'information et numérique	ÉTUDE APPROFONDIE : ROBOTIQUE APPLIQUÉE 1 Conception d'une voiture miniature robotisée capable de se déplacer sans heurter d'obstacle 2 Bilan de la réalisation en équipe d'une voiture prototype miniature robotisée capable de se déplacer sans heurter d'obstacle PROGRAMME • Réalisation et qualification d'un prototype

JE TRAVAILLE MES SUJETS

Mon prénom	Mes centres d'intérêt et mes particularités	Mon stage découverte	Ce que j'envisage après le Bac	Mes enseignements de spécialité en Terminale	Mes deux sujets pour le Grand Oral et le programme associé
Emma 	• Depuis l'âge de 12 ans, je programme de petits jeux vidéo. • J'adore faire des chorégraphies avec des copines.	Dans une entreprise de conseil et de développement numérique	Ingénieur-développeur	• Mathématiques • Numérique et sciences informatiques	SUJET TRANSVERSAL 1 À quel code de programmation se vouer ? SUJET NUMÉRIQUE ET SCIENCES INFORMATIQUES 2 Comment lutter contre les piratages informatiques et les demandes de rançon ? PROGRAMME • Mathématiques 1re Algorithmique et programmation • Numérique et sciences informatiques 1re Tale Imaginer des solutions répondant à un problème
Mohammed 	Je dévore les biographies des grandes personnalités scientifiques. Mes dernières lectures : Marie Curie, Einstein et Avicenne.	Dans un laboratoire d'analyses médicales	Des études médicales ou une classe préparatoire scientifique	• SVT • Mathématiques	SUJETS TRANSVERSAUX 1 Évaluer les effets du réchauffement climatique jusqu'en 2100 : comprendre les modèles prédictifs 2 Virus SRAS à venir : quelles leçons tirer de la propagation mondiale du coronavirus ? PROGRAMME • SVT Tale Les climats de la Terre : comprendre le passé pour agir aujourd'hui et demain • Mathématiques 1re Tale Modéliser, faire une simulation, valider ou invalider un modèle 1re Tale Probabilités et statistiques
Inès 	• Je lis chaque semaine des magazines en français et en anglais. • Je pratique le handball.	J'ai trouvé mon stage au dernier moment, un peu par défaut dans une agence d'assurances ; après coup, j'ai beaucoup aimé !	Des études de sciences économiques en classe préparatoire ou à l'Université	• Histoire-géographie, géopolitique et sciences politiques • SES	1 Les harkis en France : quelle histoire en héritage ? PROGRAMME Tale Histoire et mémoires 2 Le marché de l'assurance reste-t-il viable ? (→ p. 47) PROGRAMME 1re Comment un marché concurrentiel fonctionne-t-il ? 1re Comment l'assurance et la protection sociale contribuent-elles à la gestion des risques dans les sociétés développées ?

Mon prénom	Mes centres d'intérêt et mes particularités	Mon stage découverte	Ce que j'envisage après le Bac	Mes enseignements de spécialité en Terminale	Mes deux sujets pour le Grand Oral et le programme associé
Sacha 	• Je suis basketteur et sportif de haut niveau.	Dans la mairie de ma commune	• Des études de STAPS *ou* • Du basket professionnel	• SVT	1 Le corps du basketteur : inné ou acquis ? (→ p. 19, 20, 21 et 23) PROGRAMME 1re Corps humain et santé Tale Génétique et évolution
				• Physique-chimie	2 Entraîner les champions : mesurer la performance d'un mouvement PROGRAMME 1re Mouvement d'un système 1re Aspects énergétiques d'un système mécanique Tale Mouvement et interaction
Jade 	Je suis engagée dans Artiflore, une association de protection de la faune et de la flore en montagne.	À la Commission nationale du débat public	• Un BTS énergie renouvelable et écoconstruction *ou* • Une licence sciences et technologies	STI2D • Énergie et environnement	ÉTUDE APPROFONDIE : L'ÉOLIEN A-T-IL UN AVENIR EN FRANCE ? 1 Méthodologie de recueil des données concernant l'éolien 2 Avantages et inconvénients comparés de l'éolien terrestre et l'éolien off-shore (→ p. 41, 58 et 59) PROGRAMME • Transport et distribution d'énergie, étude de dossiers technologiques
Raphaël 	• Je cuisine depuis l'âge de 7 ans. • J'adore les mangas.	Dans un restaurant gastronomique	Un BTS hôtellerie-restauration	• Histoire-géographie, géopolitique et sciences politiques	1 La gastronomie française existe-t-elle ? (→ p. 41, 63 et 64) PROGRAMME Tale Le patrimoine, facteur de rayonnement culturel de la France
				• Physique-chimie	2 Quel est l'avenir de la cuisine moléculaire ? (→ p. 41 et 48) PROGRAMME 1re Propriétés physico-chimiques, synthèses et combustions d'espèces chimiques organiques. Les réactions d'oxydo-réduction Tale Constitution et transformation de la matière. Les réactions acide-base

JE TRAVAILLE MES SUJETS

3 JE TRAVAILLE MES SUJETS DANS LA DURÉE

« Mes sujets sont un voyage.
Je suis le capitaine du navire. »

Pourquoi le temps est-il nécessaire pour travailler ses sujets ?

Le temps est un allié précieux. J'ai intérêt à commencer à réfléchir à mes sujets plusieurs mois à l'avance, et pourquoi pas dès l'année de Première si j'ai déjà les idées claires sur les thèmes qui m'intéressent.

1 Organiser mon travail

Une fois mes sujets choisis et validés avec mes enseignants de spécialités, je vais pouvoir organiser mon travail. Trois étapes clés me permettront de gagner du temps et d'être plus pertinent(e).

1 Aborder mes sujets de manière créative me permettra de ne pas manquer des thèmes essentiels.

2 Prendre le temps et les conseils pour bien déterminer mes documents-sources me garantira de ne pas perdre mon temps sur des ouvrages ou des articles inutiles.

3 Écrire un carnet de bord me permettra de prendre de la distance avec mon travail et de garder la trace de mon cheminement personnel sur chacun de mes sujets. Le Grand Oral est dit aussi « oral de maturité » : pouvoir parler de mon cheminement au jury sera une clé du succès.

Voici quelques trucs pour réussir ces trois étapes !

2 Aborder mes sujets de manière créative

Après avoir trouvé mes sujets, je dois garder l'esprit ouvert et ne pas foncer tête baissée. Voici quelques techniques pour ouvrir des pistes de réflexion sur chacun de mes sujets, les sous-thèmes et questions qu'il implique. L'objectif est d'en trouver auxquels je n'avais pas pensé tout d'abord.

A L'ouverture à 360°

La première technique consiste à réfléchir sur mon thème 5 à 10 minutes sans rien écrire pour m'obliger à garder l'esprit ouvert aux différentes possibilités. Puis, j'écris en 10 minutes tout ce qui me vient à l'esprit sans censure, tant que des idées me viennent. Une fois que la source est tarie, je pose le stylo, je relis l'ensemble et je regroupe les idées en 2 ou 3 thèmes principaux.

LE SAVIEZ-VOUS?

Trouver quoi dire : les Latins appelaient *inventio* ce moment qui correspond à la recherche libre et sans censure des idées sur un thème.

B Les 7 questions fondamentales

Une deuxième technique consiste à poser en 10 minutes les 7 questions fondamentales sur mon sujet : qui ? quoi ? quand ? où ? comment ? pourquoi ? combien ?

C Les questions ouvertes

Cette troisième technique consiste à poser en 20 minutes des questions qui n'ont apparemment rien à voir avec le sujet. Elles peuvent m'aider à ouvrir des pistes nouvelles de réflexion. Voici quelques exemples de questions que je peux me poser à partir de couples de mots opposés.

1 Le plus grand / Le plus petit

Exemple d'Inès (p. 44) : Le marché de l'assurance est-il viable ?

- **Le plus grand :** à l'échelle planétaire, le réchauffement climatique avec l'augmentation des événements climatiques extrêmes (tornades, cyclones, incendies, inondations...) entraîne des surcoûts qui se chiffrent en dizaines de milliards d'euros chaque année à l'échelle planétaire. Les compagnies d'assurances peuvent-elles faire face ? Les fonds d'indemnisation suffiront-ils ?

- **Le plus petit :** un particulier qui a une maison en zone inondable se voit refuser la prise en charge de son risque « inondation » par la compagnie d'assurance ; l'agriculteur ne peut pas assurer ses récoltes en raison du risque démultiplié d'intempéries ou alors du coût exorbitant exigé par l'assureur.

2 Les avantages / Les inconvénients

Exemple de Raphaël (p. 45) : Quel est l'avenir de la cuisine moléculaire ?

- **Avantages :** elle fait découvrir de nouvelles saveurs et rend possible de nouvelles recettes.
- **Inconvénients :** elle renvoie au second rang des recettes simples et ancestrales et peut faire perdre la structure des aliments : on ne sait plus ce qu'on mange !

3 D'autres pistes à creuser

Je peux aussi trouver des questions à partir des couples suivants :

- Qualités / Défauts
- Le plus simple / Le plus complexe
- Féminin / Masculin
- Jeune / Âgé
- Théorique / Pratique
- Idéal / Réaliste
- Essentiel / Accessoire
- Causes / Conséquences
- Riche / Pauvre
- Etc.

D Les questions inspirées par les matières enseignées en Terminale

J'applique à mon sujet chacune des matières que je connais, y compris (et surtout) si elles ne sont pas de ma spécialité !

Exemple de Liam (p. 43) : La poésie peut-elle encore être moderne ?

- **Le sujet vu des mathématiques :** est-ce que l'usage d'algorithmes pourrait renouveler notre approche du langage ?
- **Le sujet vu de la SVT :** peut-on concevoir de la poésie sans mots ? avec des corps en mouvement ?
- **Le sujet vu de la géographie :** des installations surprenantes au cœur des activités urbaines seraient-elles une nouvelle forme de la poésie ?
- Etc.

3 Délimiter les bonnes sources de documentation

A Des sources de bonne qualité

Ce qui va faire la valeur de mon travail, c'est la qualité des sources sur lesquelles je m'appuie. Si je passe des heures sur des articles ou des livres qui abordent mon sujet de manière superficielle, mon travail final risque, lui aussi, de rester superficiel et médiocre. Si je veille à lire des livres et des articles solides sur mon sujet, ma production finale aura toutes les chances d'être solide : j'aurai bien utilisé mon temps.

La bonne stratégie consiste donc à étudier des sources et des documents de qualité. Or, je n'ai pas forcément tous les repères pour apprécier la qualité d'un ouvrage que je n'ai pas lu. Je ne dois donc surtout pas hésiter à en discuter avec l'enseignant documentaliste de mon établissement ou avec mon professeur de spécialité. Ils ont toutes les compétences nécessaires pour m'aider à faire les bons choix en matière de documentation. Pourquoi m'en priver ?

B Combien de documents-sources ?

Cela dépend évidemment de la densité et de la longueur des documents. Une dizaine de documents sources, associant des articles et des ouvrages de la presse scientifique et/ou spécialisée sur chaque sujet est un bon repère. Je veille à la date de publication des articles et des ouvrages. Les plus récents auront toutes les chances de recueillir les réflexions et les connaissances les plus actuelles et pertinentes. C'est là aussi un point que je dois vérifier avec les équipes pédagogiques de mon établissement avant de me lancer dans le travail de fond.

C L'organisation de la documentation

J'organise ensuite ces sources que ce soit sous forme de bibliographie, sitographie, rassemblement de données ou de statistiques. Je les classe en rassemblant d'une part les livres et d'autre part les articles. Au sein de cette classification, je peux aussi distinguer 2 ou 3 sous-thèmes qui constituent les approches principales de mon sujet.

4 Écrire un carnet de bord (→ p. 104)

Instruire un sujet est un voyage, et je suis le capitaine du navire. Dès le début, j'ai intérêt à **écrire les idées qui me traversent l'esprit, les réflexions et les connaissances intéressantes**.

A Comment profiter de mon carnet de bord ?

Mon carnet de bord est mon compagnon. C'est comme le journal intime de mon travail sur le sujet. Je peux y consigner des réflexions et des connaissances mais aussi mes humeurs. Selon mon envie, je peux choisir un support papier (un carnet ou un cahier) ou ouvrir un dossier dédié sur mon smartphone, ma tablette ou mon ordinateur portable. Dans tous les cas, j'ai intérêt à choisir un support distinct pour chacun des deux sujets que je travaille.
Mon carnet de bord me permet de **prendre de la distance** mais aussi de **garder une trace de mon cheminement**. Plus tard, quand j'organiserai ma présentation pour le Grand Oral et que je préparerai mon échange avec le jury, le relire me sera d'une aide considérable.

Je peux personnaliser son organisation, en réservant par exemple les pages de gauche à l'entraînement physique, celles de droite à la constitution des contenus.

B Comment réussir mon carnet de bord ?

L'intérêt est de le compléter avec régularité. J'établis un contrat avec moi-même. Est-ce que je vais écrire chaque jour, tous les 2 jours ou chaque semaine ? Un conseil : **ne pas distendre de plus d'une semaine les prises de notes**. L'avantage d'écrire tous les jours est que l'on peut se dire que quand bien même on n'écrirait qu'une phrase ou même un mot, à la longue, cela fera toujours un matériau intéressant. Cela allège donc la pression sur le travail.

JE RETIENS

Pour rendre mon travail sur mes sujets intéressant et efficace, j'ai intérêt à :
- **aborder chaque sujet de manière créative ;**
- **travailler sur des documents-sources de qualité ;**
- **écrire un carnet de bord, compagnon de route de ma réflexion.**

4 J'ORGANISE MA PRÉSENTATION

« Une bonne présentation, c'est l'organisation d'un propos dans un temps donné. »

Comment bien organiser ma présentation ?

La bonne organisation de mon propos est celle qui me permettra d'être clair(e) et convaincant(e) en tirant tout le parti des 5 minutes de présentation.

1 Comment construire la progression de mon propos ?

J'organise mes idées dans un plan qui va permettre de rendre mon propos plus efficace et en exprimant l'essentiel de ce que j'ai à dire en 5 minutes. 5 minutes debout devant le jury, cela peut paraître beaucoup. C'est une vraie distance. Après plusieurs mois de travail sur mes deux questions, ce sera finalement très court. J'ai 5 minutes pour présenter la question sur laquelle j'ai réfléchi longtemps. Il me faut alors partager la *substantifique moelle* de mon travail.

LE SAVIEZ-VOUS ?

L'expression « *substantifique moelle* » est consacrée par Rabelais. C'est la « matière parfaite » de l'os, donc une métaphore de ce que la lecture et un patient travail d'analyse et de réflexion produisent. Bref, la métaphore parfaite de la préparation de mon Grand Oral, non ?

2 Quel est le bon style ?

La qualité de l'argumentation dépend avant tout de ma **capacité à être clair(e) et par conséquent à être compris(e)**. Le mieux est de m'entraîner à des phrases simples, courtes et précises. Mes idées s'enchaînent avec des exemples qui illustrent mon propos.

3 Pourquoi travailler des dizaines d'heures pour 5 minutes de présentation ?

Lorsque je présente mon sujet **une première fois**, sans encore avoir beaucoup travaillé dessus, je peux sans doute en parler pendant **1 à 3 minutes sans notes**. L'étape suivante vient après plusieurs dizaines d'heures de travail. Je peux alors parler de mon sujet pendant **10, 15, 20, peut-être 30 minutes**. C'est bon signe. Je dois ensuite concentrer mon propos, faire un choix pour **retenir l'essentiel qui doit tenir en 5 minutes**.

Ce que je n'ai pas dit, c'est comme l'échafaudage qui a permis de construire la maison. Une fois la maison construite, on ne voit plus l'échafaudage, mais sans l'échafaudage je n'aurais pas pu bâtir la maison. Ce que j'ai amassé de connaissances et d'analyse me servira aussi pour nourrir l'échange avec le jury.

4 Quel est le bon plan ?

Il n'y a pas de plan miracle ni de plan obligé. Chaque question et ma manière de l'aborder, chaque discipline de spécialité vont rendre une façon d'organiser mes idées préférable à une autre. Le présent chapitre m'indique une dizaine de façons possibles d'organiser mes idées pour stimuler ma préparation. Il en existe d'autres. C'est à moi d'expérimenter différents plans pour finalement garder celui qui rendra ma question la plus intéressante pour mon jury.

5 Quelles sont les grandes étapes de ma présentation ?

A L'introduction

Je commence par le plus simple : j'explique pourquoi j'ai choisi ce sujet. C'est la colonne vertébrale de mon Grand Oral. Ce point est évalué par le jury. D'où l'importance d'effectuer un choix personnel lorsque je décide de mon sujet (→ p. 19). Puis j'annonce mon plan.

B Le développement

Je dispose ensuite d'environ 4 minutes à 4 minutes 30 pour la suite de mon exposé qui doit être un concentré de savoirs, d'analyse et de réflexion et non pas une dilution. C'est la différence entre partager un propos substantiel et parler pour ne rien dire, ou encore entre un oral de qualité et un oral médiocre.

C La conclusion

En une phrase ou deux, je réponds à la question : qu'est-ce que m'a apporté mon travail sur le sujet ? Qu'est-ce que j'ai découvert d'important à la faveur de mon étude ?

6 Qu'est-ce que représentent 5 minutes ?

5 minutes à l'oral équivalent à peu près à 3 000 à 4 000 caractères écrits en traitement de texte, c'est-à-dire à une page recto verso en incluant les silences nécessaires à l'oral. Il est d'autant plus important de ne pas vouloir trop en dire que je dois veiller à ne pas parler à toute vitesse et sans respirer. Sinon, je deviens incompréhensible.

Un bon oral comprend environ un tiers de silence, espace qui permet à mon jury de recevoir et de comprendre ce que je dis (→ p. 135).

7 La méthode à utiliser

Pour parvenir à une présentation de 5 minutes debout, il faut bien sûr procéder par étapes.

- **Je choisis mon sujet.**
- **Je délimite mes ressources documentaires.**
- **J'amasse des connaissances** et des réflexions, si possible pendant plusieurs mois et en utilisant un carnet de bord.
- **Je construis un premier plan.** Je parle de mon sujet sans me donner de contrainte de temps, pendant 10, 15, 20 ou 30 minutes.
- **Je sélectionne les idées et informations les plus importantes** pour la présentation en 5 minutes.
- **Je construis le plan le mieux adapté** pour exprimer en 5 minutes chrono les informations et analyses que j'ai sélectionnées.
- **Je mémorise mon plan pour qu'il n'y ait pas d'ambiguïté** (→ p. 65) : des difficultés de mémorisation signalent souvent des problèmes de logique et d'enchaînement. D'où l'importance de veiller aux transitions qui me permettent de passer d'une idée à l'autre. Ainsi, pas besoin de connaître ma présentation par cœur mot à mot. Il vaut mieux mémoriser sa structure et continuer à travailler sur la formulation de chaque idée, de chaque phrase au fil des répétitions. **Un conseil est de connaître par cœur** : la première phrase, la dernière phrase et les transitions, et de rester agile sur le reste.
- **Je répète plusieurs fois ma présentation en 5 minutes** devant des proches et, si possible, devant la classe pour affermir mon propos et préparer l'échange avec le jury. Je veille au respect du timing.

8 Des exemples de plans

Après avoir exposé les raisons de mon choix dans mon introduction, je dois développer la question et y répondre. Je peux à cette fin utiliser différentes organisations de mon exposé. Voici **plusieurs façons de structurer mon plan**. Attention, il ne s'agit que de stimuler la réflexion de chacun. On peut tout à fait imaginer d'autres plans. Le bon plan sera celui avec lequel je suis à l'aise et qui me permet d'exposer et de développer ma question, puis d'y répondre, de façon la plus claire et convaincante possible.

A Le plan historique : hier / aujourd'hui / demain

Exemple de Nina (p. 42) : Comment l'industrie du luxe renonce-t-elle à la fourrure animale ?

L'ORGANISATION DE LA PRÉSENTATION

Hier
Jusqu'à il y a quelques années, l'industrie du luxe faisait de la fourrure animale un des piliers de son commerce.

Aujourd'hui
Aujourd'hui, les sensibilités ont évolué et, pour beaucoup de consommateurs potentiels, l'idée de se revêtir de fourrure animale est devenue insupportable.

Demain
L'industrie du luxe change de paradigme en créant de nouveaux textiles de luxe, y compris des fourrures synthétiques. Sur quels critères techniques et marketing reposent les fondamentaux de ce nouveau luxe ?

AVANTAGE

Ce plan correspond bien aux sujets où le poids du passé est important et demande à être analysé minutieusement pour bien en comprendre les enjeux.

POINT DE VIGILANCE

Il ne faut pas rester que dans le passé car mon propos risque de perdre en dynamisme. Même en histoire, il est important de savoir interroger les implications de mon sujet dans la société actuelle.

LE SAVIEZ-VOUS ?

La progression historique est celle utilisée par Martin Luther King dans son fameux discours du 28 août 1963 « I have a dream ».

- **Il y a 100 ans,** c'était l'esclavage et, par la proclamation d'émancipation, la promesse d'un monde meilleur.
- **Aujourd'hui,** le Noir continue de subir, et avec quelle violence, la ségrégation et l'oppression.
- **Demain,** je rêve que mes quatre petits-enfants ne seront pas jugés sur la couleur de leur peau, que Noirs et Blancs, juifs et non-juifs, protestants et catholiques vivront la liberté pour tous.

B La classification

Dans ce type de plan, j'expose et j'analyse la question aujourd'hui. Je construis une typologie des réponses en précisant les critères qui m'ont permis de construire ma classification.

Exemple d'Alice **(p. 43)** : Quels États détiennent la puissance numérique ?

L'ORGANISATION DE LA PRÉSENTATION

Critères d'évaluation

La puissance numérique repose essentiellement sur la connaissance biologique, la capacité de calcul et le traitement des données.

Classification

Sur ces critères, certains États comme les États-Unis ou la Chine sont en position de nette domination. D'autres États, notamment européens et asiatiques, sont dans une position intermédiaire qui présente de nombreuses vulnérabilités. D'autres, enfin, apparaissent comme complètement dominés. Qu'est-ce qui pourrait remettre en cause ce nouvel ordonnancement du monde ?

AVANTAGE

Ce plan permet de mettre de l'ordre dans une question complexe en la rendant intelligible et stimulante.

POINT DE VIGILANCE

La pertinence d'un tel plan repose sur les critères de la typologie. C'est la définition de ces critères qui doit mobiliser une bonne part de ma préparation.

C Le storytelling

L'art de raconter une histoire est vieux comme le monde. Pensons aux contes de notre enfance. C'est une façon très efficace de poser une question et d'y répondre.

Une histoire se fonde en effet sur trois éléments fondamentaux :
- un protagoniste ;
- l'objectif du protagoniste ;
- le problème qui se dresse entre le protagoniste et la réalisation de son objectif.

Par exemple, dans *Le Petit Chaperon rouge*, le protagoniste est le Petit Chaperon rouge, son objectif est de porter une galette et un petit pot de beurre à sa grand-mère malade, et le problème (l'obstacle) est le loup.
S'il n'y a pas de loup, il n'y a pas de problème à résoudre, pas d'histoire, pas de réponse possible et pas d'action à engager.
Pour nombre de questions, le protagoniste sera l'usager ou le citoyen (l'acteur au sens socio-économique).

Exemple de Liam (p. 43) : La poésie peut-elle encore être moderne ?

L'ORGANISATION DE LA PRÉSENTATION

Un protagoniste
La poésie.

Un problème
Tout en faisant partie de la littérature, la poésie semble désormais appartenir au passé. Les poètes et la poésie sont désertés par les nouvelles générations.

Un objectif
Identifier les nouvelles modernités de la poésie. Y a-t-il des formes de poésie nouvelles que l'on n'identifie pas forcément comme poétiques ? Comment changer notre regard sur la poésie et en faire une pratique populaire ?

AVANTAGE

C'est une progression très simple à utiliser pour l'exposé du Grand Oral, qui demande de développer une question et d'y répondre. Elle est aussi très efficace si l'on veut exposer un sujet technique et sa résolution. Par exemple : comment une application va-t-elle permettre de rendre de nouveaux services aux usagers ? Pour être convaincant(e), il faut bien évoquer le problème initial.

POINT DE VIGILANCE

Il faut proposer des réponses concrètes et applicables pour ne pas rester dans des principes généraux et abstraits. Je m'oblige à ce que mes réponses au problème conduisent à agir.

JE TRAVAILLE MES SUJETS

D Le rapport d'étonnement

Le principe est d'assumer une posture naïve sur ma question et de partager mes étonnements successifs. C'est-à-dire, comment ai-je été de découverte en découverte sur mon sujet d'étude ?

Exemple de Jade (p. 45) : Avantages et inconvénients comparés de l'éolien terrestre et l'éolien off-shore

L'ORGANISATION DE LA PRÉSENTATION

L'*a priori* est favorable pour cette énergie renouvelable.

Les étonnements successifs

Voici un exemple appliqué à l'éolien terrestre :

- Les terres sont stérilisées pour construire des socles en béton de plusieurs mètres de profondeur. Les pales fauchent les oiseaux, notamment les espèces migratoires.
- La rentabilité est incertaine. Le stockage d'électricité n'est pas possible. Les vents sont en partie imprévisibles.
- Se pose le problème du legs aux générations futures.
- Les entrepreneurs ne sont pas tenus de démanteler l'ensemble de la structure après usage.
- L'éolien terrestre : une fausse bonne solution ?

AVANTAGE

La naïveté (reconnaître qu'on ne sait rien) est à la source de l'esprit critique. Il faut garder la capacité de s'étonner. « L'étonnement est la mère de la philosophie », disait Platon.

POINT DE VIGILANCE

Il faut regrouper mes étonnements et mes découvertes, mais aussi poser la question « Pourquoi ? » pour ne pas rester descriptif(ve). Ce plan se combine bien avec le plaidoyer (→ p. 61) et permet d'accueillir des arguments et des contre-arguments qu'on n'avait pas forcément à l'esprit.

E Les acteurs / Leurs intérêts

Ce type de plan permet de comprendre la question à partir des acteurs, en évoquant les points de conciliation possibles et les divergences.

Exemple de Jade (p. 45) : Avantages et inconvénients comparés de l'éolien terrestre et l'éolien off-shore

L'ORGANISATION DE LA PRÉSENTATION

Ici, on se demande qui profite des avantages et qui subit les inconvénients. L'éolien est une énergie qui a la réputation d'être propre et durable. Est-ce bien le cas ?

Les acteurs

Ce sont les riverains, les pêcheurs, les industriels qui investissent dans de tels projets avec des rendements très intéressants, la filière énergie en France, le consommateur, le contribuable, les divers États. Ils peuvent avoir chacun une vision différente de l'éolien en fonction de leur histoire et de leurs ressources en énergie. Parmi les acteurs, on compte aussi les générations futures, les paysages (acteur non humain qu'il est utile de prendre en compte).

Les intérêts et argumentaires déployés par les différents acteurs

Les limites d'une énergie qui ne se stocke pas, les incidences sur les paysages, la responsabilité des constructions, de leur entretien et de leur éventuel démantèlement dans la durée, l'héritage pour les générations futures.

AVANTAGE

Aborder un sujet controversé par les acteurs permet d'en déplier la complexité sans verser dans le jugement de valeur qui limite vite la réflexion. Des sujets non humains comme la nature, les arbres, une rivière, les paysages peuvent être considérés comme des acteurs à part entière. Des nouvelles perspectives de réflexion sont alors ouvertes.

POINT DE VIGILANCE

Ne pas faire un catalogue des positions et des intérêts. Montrer plutôt comment une question évolue avec le temps, de même que les argumentaires et les termes employés par les uns et les autres. Dans ce cadre, il faut analyser comment des acteurs différents peuvent se retrouver sur des intérêts communs.

JE TRAVAILLE MES SUJETS

F Ici/Ailleurs

Exemple de Liam (p. 43) : La création d'un monde : le lexique propre aux œuvres créatrices et visionnaires

L'ORGANISATION DE LA PRÉSENTATION

Dans cet exemple, on commence par définir l'ici et l'ailleurs avant de se poser les questions qui vont structurer le plan.

Ici

L'ici est la société contemporaine : elle donne le référentiel du lecteur.

Ailleurs

L'ailleurs est le monde fictionnel créé avec son langage propre.

En quoi avons-nous besoin d'un langage de l'ailleurs pour que le monde proposé par la fiction soit crédible ?

En quoi et pourquoi cet ailleurs, revêtu de cette étrangeté, résonne-t-il en nous avec une particulière acuité ?

AVANTAGE

C'est une autre façon d'interroger l'altérité. L'ici comme l'ailleurs se comprennent de façon très ouverte, pas seulement spatialement mais aussi par rapport à une époque ou une représentation du monde. Dans ce sens, l'ici est très souvent composé de l'ailleurs et réciproquement. Ce sont les interactions qui vont alimenter la plupart du temps les réflexions les plus fécondes.

POINT DE VIGILANCE

Ne pas figer l'ici et l'ailleurs dans une définition restrictive. Les faire jouer ensemble.

G Le plaidoyer

Il vient de l'éloquence judiciaire et a fait les beaux jours des manuels de rhétorique. Il se compose de trois parties :

- l'exposé des faits (la narration) ;
- la prise en compte des arguments adverses et leur réfutation ;
- l'exposé des arguments favorables.

Exemple de Nina (p. 42) : La protection de l'environnement, une chance pour l'économie mondiale ?

L'ORGANISATION DE LA PRÉSENTATION

Les faits

La protection de l'environnement crée de nouveaux besoins, de nouveaux métiers et, avec des investissements importants, sera vectrice de croissance.

Les arguments adverses

Les normes environnementales freinent le développement économique et sont susceptibles de créer du chômage. C'est pour cette raison que les États-Unis ont refusé de signer l'accord de Paris sur le climat et ont développé l'exploitation du gaz de schiste.

La réfutation

Certes, les normes environnementales créent des contraintes susceptibles de freiner le développement économique. Mais elles ouvrent aussi de nouvelles opportunités, par de nouveaux usages et modes de consommation qui suscitent d'autres modes de production.

Les arguments favorables

La protection de l'environnement nécessite justement des actions concertées pour construire des normes acceptables et souhaitées par tous, mais aussi des investissements correspondants susceptibles de relancer l'économie. Il faudrait pénaliser la destruction de l'environnement, au nom des générations futures, mais également inciter financièrement à réaliser les choix nouveaux.

AVANTAGE

Le plaidoyer donne toute leur place aux arguments favorables et défavorables, chacun d'entre eux permettant d'approfondir la question.

POINT DE VIGILANCE

Ne pas sous-estimer les arguments défavorables qui vont me permettre d'aller là où je ne le pensais pas. Plus je suis capable d'aller en sens contraire, plus ma réflexion va gagner en finesse et en profondeur.

H Le plan dialectique

Il se compose de trois éléments :

- **La thèse :** je réponds dans le sens de la question en exposant les arguments les plus massifs et les plus évidents.
- **L'antithèse :** à un autre niveau de réflexion ou dans une nouvelle mise en perspective, j'expose des arguments qui nuancent, ou remettent en cause, ou font voir autrement les arguments présentés dans la thèse.
- **La synthèse :** j'inclus la thèse et sa contradiction dans une perspective qui permet de dépasser les limites respectives de l'une et l'autre.

Exemple d'Alice (p. 43) : L'intelligence artificielle et les données : menace ou espoir ?

L'ORGANISATION DE LA PRÉSENTATION

La thèse

L'intelligence artificielle et le traitement des données permettent des progrès massifs et rapides.

L'antithèse

Détenus par des États ou des firmes en situation de monopole, l'intelligence artificielle et le traitement des données génèrent de nouveaux rapports de domination et menacent les libertés individuelles.

La synthèse

Une meilleure concertation mondiale, édictant de nouvelles normes en la matière, serait une réponse logique. Elle ne pourra pas se déployer sans des investissements massifs des États qui, aujourd'hui, acceptent de vivre dans la dépendance technologique de la Chine et des États-Unis.

AVANTAGE

Ce plan permet d'exposer une question avec beaucoup de finesse et de profondeur. Réussi, c'est un plan dynamique et percutant.

POINT DE VIGILANCE

Attention : 5 minutes, c'est peu de temps ! Je dois être économe de mes mots pour avoir le temps de déployer mes trois moments sans caricature. Un grand travail de concision s'impose. Mais cela en vaut la peine !

1 Nous / vous / ils

Exemple de Raphaël (p. 45) : La gastronomie française existe-t-elle ?

L'ORGANISATION DE LA PRÉSENTATION

Nous

Pour un chef cuisinier, que veut dire « la gastronomie française » ? Elle s'apprend dans des écoles professionnelles et auprès de restaurateurs. Elle suppose l'assimilation de savoirs théoriques, de techniques, de tours de main et de recettes transmises par la tradition.

Vous

La gastronomie française prend sens pour le consommateur mais n'est pas épargnée par les clichés, si bien qu'on peut se demander ce qui la définit. Existe-t-il des recettes typiquement françaises ou des attentes du consommateur en réaction à l'idée qu'il se fait de la gastronomie française ?

Ils

De nombreux chefs pratiquent l'hybridation des gastronomies avec de nouveaux enjeux (cuisine végétarienne, *food street*, cuisine moléculaire...).

AVANTAGE

Pour tous les sujets qui mettent en jeu des questions d'identité et de culture, le questionnement « Nous / vous / ils » est très adapté car il incite à intégrer l'altérité.

POINT DE VIGILANCE

Attention à la caricature ! « Nous / vous / ils » sont des points d'appui pour lancer la réflexion plutôt que des schémas définitifs. Je dois sans cesse discuter mes définitions des acteurs et les nuancer.

J La botte secrète : combiner plusieurs plans

Commencer par un plan simple permet de structurer les idées en étant clair(e). En combiner plusieurs permet d'approfondir et de nuancer mes idées.

Exemple de Raphaël **(p. 45)** **:** La gastronomie française existe-t-elle ?

L'ORGANISATION DE LA PRÉSENTATION

Nous
Pour un chef cuisinier, que veut dire la gastronomie française ?

Hier
Elle s'est construite à partir de traditions de terroirs mais aussi de la gastronomie de Cour européenne au XVIIIe siècle. Antonin Carême, lui-même chef cuisinier dans diverses Cours européennes, en a fait une synthèse au début du XIXe siècle.

Vous
Elle prend sens pour le consommateur mais n'est pas épargnée par les clichés.

Aujourd'hui / Ici
Les habitudes et les usages évoluent. De nouveaux produits sont disponibles. Les consommateurs participent aussi à la définition de ce qu'est la gastronomie française.

Ils / Ailleurs
De nombreux chefs pratiquent l'hybridation des gastronomies, par exemple entre des gastronomies asiatiques et française, ou l'interrogent avec de nouveaux enjeux (cuisine végétarienne, *food street*, cuisine moléculaire...).

Demain
La gastronomie française a été et reste une cuisine enrichie de nombreuses influences, en renouvellement permanent. C'est la notion d'excellence liée à la gastronomie qui reste le fonds commun. Peut-être l'élément national sera-t-il moins déterminant, à l'avenir, que des consommateurs réunis en communautés (vegans, végétariens, végétaliens, etc.) ?

JE RETIENS

- **Quel que soit mon plan, je commence en exposant pourquoi j'ai choisi ma question et je conclus en apportant une réponse.**
- **J'expérimente mon plan auprès de mes camarades, puis de la classe entière.**
- **Je mémorise mon plan.**

5 JE MÉMORISE MA PRÉSENTATION

« La mémorisation est ce qui permet d'être libre et disponible le jour de l'oral. »

Pourquoi bien mémoriser est-il une étape essentielle ?

Je dois maîtriser parfaitement mon contenu, pour être disponible à l'instant présent et être en interaction avec l'auditoire. La qualité de ma prestation dépend ainsi de ma capacité à exposer mes arguments de façon convaincante et dynamique, sans les réciter mécaniquement, en interaction avec le jury.

1 Mémoriser intelligemment !

Attention, mémoriser sa présentation ne consiste pas à l'apprendre par cœur. **L'apprentissage par cœur n'est qu'une étape intermédiaire, pas l'objectif final !** Je dois plus subtilement maîtriser mon propos et sa progression. Si j'ai besoin de passer par l'apprentissage par cœur, mot à mot, pourquoi pas. Mais je ne dois pas en rester là. Si j'ai un trou de mémoire et que je reste focalisé(e) sur la phrase ou le mot qui ne me revient pas, je perds la conscience de l'ensemble de ma présentation. Il vaut mieux utiliser des techniques de mémorisation plus intelligentes qui me permettront de rester agile et de m'adapter à l'inattendu, même en ayant le trac (→ exercices 1 et 2, p. 68) !

CONSEIL

On dit qu'il faut lire un texte trois fois pour commencer à le retenir. Le meilleur moment pour ce travail ? Le soir, avant de me coucher. Mon cerveau a tendance à revisiter les moments de la journée en commençant par les plus récents et les trie. Je bénéficie ainsi de la nuit pour enregistrer les informations revues le soir !

2 Mettre en place ma méthode de mémorisation

Chacun(e) fonctionne différemment avec une mémoire, selon les cas, plus visuelle ou auditive ou encore kinesthésique (liée aux gestes) (→ exercice 3, p. 69). Il n'y a donc pas de méthode absolue. Chacun(e) doit apprendre à se connaître pour construire et garder la méthode qui lui convient le mieux.

Pour construire ma propre méthode, voici 4 stratégies qui ont fait leur preuve !

A Le plan

Il s'agit de mémoriser la structure, autrement dit le plan le mieux adapté pour organiser et développer mes idées et mes exemples.

B Le squelette

La méthode du squelette est une variante de la méthode de mémorisation du plan. La différence est que je vais non seulement prêter attention aux idées principales qui organisent mon propos, mais aussi aux transitions, c'est-à-dire aux idées qui me permettent de passer d'une idée principale à la suivante.
Comme dans le squelette, ce sont les articulations (les transitions) qui sont essentielles pour que l'ensemble des os (les idées principales) puisse tenir. Lorsque je m'entraîne à restituer ma présentation, je peux constater que c'est souvent lorsque mes transitions sont fragiles que j'ai des difficultés de mémorisation. Il me faut alors travailler dessus et répondre de façon précise et logique à cette question : qu'est-ce qui me fait passer d'une idée principale à la suivante ?

C Les mots-clés

J'associe un mot-clé à chaque étape de ma présentation. Le mot-clé peut correspondre à un exemple que je choisis de traiter (« Venise » pour une partie sur le risque de montée des eaux lié au réchauffement climatique) ou au cœur de l'argument. L'important est que les mots-clés et leur enchaînement me soient familiers et facilement mémorisables. Je me limite à 5 à 10 mots-clés pour mes 5 minutes de présentation. Ces mots-clés sont des repères utiles pour moi et ne sont pas forcément dits lors de ma présentation.

J'apprends ces mots-clés par cœur, en fonction de l'ordre de succession de mes différents points. Je peux compléter en mémorisant la première lettre des mots-clés et, pourquoi pas, construire un acrostiche avec eux. La mémorisation est alors garantie.

Exemple de question : Comment les villes inondables peuvent-elles lutter contre le défi du réchauffement climatique ?

- **Acrostiche :** Avion

- **5 mots-clés :** Alarme / Venise / Inondation / Oppressant / Nouvelles normes

Alarme → réchauffement climatique
Venise → montée des eaux
Inondation → risques pour les villes et leurs habitants
Oppressant → des centaines de millions de réfugiés climatiques chaque année
Nouvelles normes de construction → habitation sur pilotis

- **Résumé de la présentation**

En raison du réchauffement climatique, de nombreuses villes doivent faire face aux défis de la montée des eaux. Chaque année, les effets pourraient se solder par des centaines de millions de réfugiés. Une réponse à ce défi est de mettre en place sans attendre de nouvelles normes de construction dans les zones urbaines inondables – par exemple, des constructions modernes sur pilotis comme expérimentées aux Pays-Bas.

L'astuce : à l'entraînement, je fais ma présentation devant un poster affiché au mur sur lequel j'ai indiqué mes mots-clés ou mon plan. J'exerce ainsi ma mémoire en me libérant de mes notes.

D La visualisation dans l'espace

Cette méthode est destinée à ceux d'entre nous qui ont une mémoire visuelle plus développée ! Je peux choisir d'apprendre la structure de ma présentation comme si c'était le plan de chez moi : l'introduction, c'est l'entrée. Le séjour est ma première partie. Le couloir qui mène à ma chambre est ma première transition. Ma chambre est la deuxième partie. Le couloir entre ma chambre et la salle de bains, le bilan de ma seconde partie. La salle de bains, la conclusion…

Je peux encore choisir d'apprendre la structure de ma présentation comme s'il s'agissait du trajet entre mon domicile et le lycée. J'associe à chaque étape du trajet une image et à chaque image une partie de mon discours.

LE SAVIEZ-VOUS ?

Cette méthode de visualisation a plusieurs milliers d'années. On la trouve évoquée dans les manuels de rhétorique de l'Antiquité : c'est la méthode des *loci* (« lieux », en latin).

3 Préparer ma carte mentale

Je peux utiliser un support aide-mémoire que j'aurai préparé pendant les 20 minutes avant mon oral. Il s'agit alors d'une carte mentale. Sur ce support, je peux indiquer un plan, des mots ou des chiffres clés, des repères visuels en fonction de ma méthode de mémorisation. J'y pense avant le jour de l'épreuve !

Attention : pendant ma présentation, je garde mon support carte mentale loin de moi, posé sur une table ou dans la poche, de façon à ne pas être tenté(e) de m'y réfugier et de rater l'interaction avec le jury ! Je perdrais alors en force de conviction et je risque d'avoir une moins bonne note !
Je peux aussi avoir ma carte mentale dans la tête et y aller sans support. Parmi les candidats qui ont eu les meilleures notes en 2021, nombreux sont ceux qui ont passé leur épreuve sans support.

JE RETIENS

- **La mémorisation de ma présentation est une étape essentielle de la préparation au Grand Oral.**
- **Elle consiste à répéter mon texte au préalable, mais aussi à travailler sur ma façon de le mettre en valeur par un plan judicieux, par ma force de conviction qui passe par ma voix et mes gestes. Ainsi, je serai disponible pour mon jury le moment venu.**

JE M'ENTRAÎNE

Exercice 1 Je vais de la première à la dernière phrase... 10 min

1. J'apprends par cœur la première phrase de mon introduction et la dernière phrase de ma conclusion. Je sais ainsi d'où je pars et où j'arrive. Attention à prendre le temps de les dire et de leur donner tout leur sens !

2. Je dis tout ce que je peux entre ces deux phrases en me chronométrant. J'essaie chaque fois d'en dire un peu plus jusqu'à atteindre les 5 minutes. Je veille à préciser la progression logique de mon propos et à l'illustrer d'exemples précis.

Exercice 2 J'identifie les trous de mémoire

10 min

1. Je m'exerce à ma présentation avec une feuille recto sur laquelle j'ai noté la structure de mon propos en lien avec la technique de mémorisation choisie.

2. Je retourne la feuille devant moi (mes notes face cachée) et je me lance dans ma présentation. Je ne consulte ma feuille que lorsque j'ai un trou de mémoire. Je marque alors en rouge l'idée ou l'exemple qui m'a manqué.

Exercice 3 Je mémorise la structure

15 min

Se réciter par écrit permet de mobiliser la mémoire visuelle (on lit ce qu'on écrit), mais aussi gestuelle (le cerveau enregistre inconsciemment les gestes de l'écriture). C'est pourquoi se réciter par écrit est exigeant mais très efficace pour beaucoup d'entre nous.

1. Je commence par réciter par écrit la structure de mon intervention associée à la technique de mémorisation choisie : plan, idées principales et transitions (le squelette), mots-clés, lieux choisis dans l'ordre avec l'image correspondante.

2. Au fur et à mesure, je complète chaque élément de mémorisation d'une idée, d'un exemple, d'un chiffre, d'une date.

3. Si je constate que la mémoire auditive est plus efficace chez moi, je pratique cet entraînement à l'oral.

6

Je prépare l'échange avec le jury

« Un bon oral est un échange et une rencontre. »

Pourquoi faut-il préparer l'échange avec le jury ?

Mieux je l'aurai préparé, plus l'oral aura des chances d'être riche et précis. Comme dans un sport, on est meilleur(e) le jour du match et on peut plus facilement s'adapter si on s'est bien entraîné(e). L'objectif le jour J est de pouvoir mobiliser rapidement des connaissances, des analyses, des réflexions. C'est sur cette base-là que je vais pouvoir réagir aux questions et propositions du jury, rebondir et contribuer à la qualité de l'échange.

1 Comment se passe l'échange avec le jury ?

Après la présentation de mon sujet qui dure 5 minutes, suivent 15 minutes d'échange avec le jury :

- La première partie de l'échange (10 minutes) est consacrée :

– à ma présentation que je peux ainsi préciser et approfondir ;

– à des questions sur les programmes des spécialités liées à mon sujet et ma présentation.

- La deuxième partie de l'échange (5 minutes) est consacrée à mon projet d'orientation en lien avec la question que j'ai traitée.

2 Pourquoi l'échange avec le jury se prépare-t-il ?

A L'art de l'anticipation

Contrairement à une idée reçue, l'échange avec le jury se prépare. L'art de l'oral est un art de l'anticipation. Plus j'ai travaillé mon sujet, meilleure en est ma maîtrise, plus je suis capable d'anticiper les questions que me posera le jury, pour la simple et bonne raison que les questions pertinentes sur un sujet donné sont en nombre limité.

> **LE SAVIEZ-VOUS ?**
>
> « Question » vient du latin *quærere* qui signifie « quérir », « partir en quête ». Il y a ainsi les questions que je me pose à moi-même tout au long de ma préparation et celles que me posera le jury. Dans les deux cas, l'objectif est le même : poursuivre ma quête, continuer à chercher, préciser et approfondir !

Bien sûr, il y aura toujours des questions inattendues. C'est la beauté de l'art que ces questions-là. L'art de la parole se joue dans l'instant : l'imprévu en fait partie.

B La réponse aux questions du jury

Attention cependant : si le jury me pose une question que j'ai anticipée, je ne dois pas pour autant me précipiter sur la réponse. Une formulation, un mot un peu différent dans la question que j'ai préparée peuvent changer substantiellement la réponse. La bonne méthode : quelle que soit la question, à partir du moment où la réponse demande un minimum d'analyse, j'attends quelques secondes avant de prendre la parole. J'envoie ainsi un message fondamental au jury : j'écoute votre question dans sa singularité, je réfléchis à ma réponse (→ p. 135).

Les deux parties du Grand Oral qui sont consacrées à l'échange avec le jury se préparent toutes les deux, mais différemment.

3 L'échange avec le jury sur la présentation et le programme (10 minutes)

VIDÉO

La deuxième partie de l'épreuve : l'échange avec le jury à partir de la présentation

A Combien de questions ?

Si je calcule le temps dont dispose le jury pour m'interroger et dont je dispose moi-même pour répondre, le nombre de questions en 10 minutes sera forcément limité, sans doute de 3 à 7.

B Quels types de questions ?

Le jury me posera trois types des questions :

- **des questions de reformulation, de précision et d'approfondissement** portant sur ma présentation initiale ;
- **des questions pour m'inciter à établir des connexions** (il appréciera ainsi mon agilité d'esprit et ma capacité d'adaptation) ;
- **des questions sur le programme de spécialité** de Première ou de Terminale lié à ma présentation.

C Quelle stratégie adopter pour anticiper les questions du jury ?

Anticiper les questions que l'on peut me poser fait partie de la préparation de l'oral. Au moment de la préparation de mon sujet, **j'imagine toutes les questions que pourrait me poser le jury** sur mon sujet et sur les parties du programme liées au sujet.

Aussi ai-je intérêt à effectuer **plusieurs présentations devant des camarades**, la classe et mon enseignant de spécialité afin qu'ils jouent le rôle du jury et me posent des questions. J'y réponds dans les conditions de l'examen.

LE SAVIEZ-VOUS?

Churchill, 26 ans, doit faire son premier discours à la Chambre des communes. Il révèle sa stratégie dans ses *Mémoires* : « J'arrivai à la Chambre avec un carquois chargé de flèches... » Que sont ces flèches ? Toutes les réactions imaginées de l'auditoire auxquelles il pourra d'autant mieux répondre qu'il les a anticipées. De même, le jour de mon Grand Oral, je dois venir avec mon carquois chargé de flèches (pacifiques !) en anticipant les questions du jury et mes réponses.

Je dois compléter cette stratégie par la **lecture du bulletin officiel de l'Éducation nationale** (sur eduscol.education.fr) qui présente le programme de ma spécialité en Première et Terminale. Je cherche et relève tous les thèmes du programme qui sont en relation avec le sujet que j'ai choisi et je les révise particulièrement ! Je peux aussi consulter mes manuels et reprendre l'ensemble de mes cours.

Pendant le premier temps de l'échange avec le jury (question sur la présentation et les spécialités), je suis autorisé à utiliser du matériel : soit le support (si j'ai choisi d'en réaliser un), soit même du matériel présent dans la salle comme un tableau. Attention, je dois toujours donner la priorité à l'interaction avec le jury. Le danger : parler à son support ou au tableau au lieu de mes interlocuteurs. Le jury risque de me mettre une moins bonne note.

4 L'échange avec le jury sur le projet d'orientation (5 minutes)

VIDÉO

La troisième partie de l'épreuve : l'échange avec le jury sur le projet d'orientation

A C'est le moment où l'on parle de moi !

Il y a toutes les chances pour que ce soit la partie la plus personnelle de l'échange entre le jury et moi. Un temps de rencontre en quelque sorte entre le (la) jeune adulte que je suis et le jury.

Ce temps d'échange m'est consacré. Il est bienveillant par nature. Le jury est là pour continuer à m'accompagner dans mes choix. Je dois aussi aborder ce moment dans le bon état d'esprit : deux professionnels vont me consacrer du temps plus personnellement. À moi d'être à la hauteur en l'ayant préparé, en étant concret(ète) et précis(e).

B Les questions sur le parcours et l'orientation post-Bac

Dans cette partie, j'explique en quoi la question traitée éclaire mon projet de poursuite d'études, voire mon projet professionnel. J'expose les différentes étapes de la maturation de mon projet (rencontres, engagements, stages, mobilité internationale, intérêt pour les enseignements communs, choix de mes spécialités…) et la manière dont je souhaite le mener après le baccalauréat.

1 Partir de mes expériences

Si j'ai bien choisi mon sujet, en partant de moi (→ p. 19), cette partie du Grand Oral devrait être la plus simple. Pour préparer mes réponses, je dois vraiment partir de moi et de ce que j'ai fait.

Je peux lister mes rencontres, mes engagements, mes stages, mes expériences de mobilité nationale ou internationale.

Pour chaque rencontre, stage, expérience, je réponds pour moi-même, avec sincérité et sans chercher à plaire, aux questions suivantes :

- Les faits : quand est-ce que cela a eu lieu ? avec qui ? dans quel contexte ? combien de temps ?
- Qu'est-ce qui m'a étonné(e) ?
- Qu'est-ce que j'en ai tiré de positif ?

• **En quoi est-ce que cela a influé sur mon projet d'orientation ?** Est-ce que cela a fait naître de nouvelles questions ? Et pourquoi pas des doutes ? Ou, au contraire, cela a-t-il renforcé ma détermination ?

Puis de façon globale, je réponds toujours avec la même exigence de sincérité à la question suivante : **où est-ce que j'en suis aujourd'hui ?**

2 Et si j'ai des doutes ?

J'ai tout à fait le droit d'avoir des doutes et des incertitudes à 18 ans sur ce que je vais faire après le baccalauréat. J'aurai intérêt à dire où j'en suis sans faux-semblant. Si j'ai des doutes, ce qui sera important pour l'échange est la manière dont j'y réponds, par quelles rencontres, projets de stages, lectures... Être engagé(e) dans mon projet post-Bac, ce n'est pas forcément avoir toutes les réponses, mais c'est me poser les bonnes questions, celles qui me concernent personnellement, et me donner les moyens d'y répondre !

JE RETIENS

- **L'échange avec le jury dure 15 minutes.**
- **Le premier moment dure 10 minutes : il porte sur mon exposé initial et sur des questions du programme de spécialité liées à mon thème et à ma présentation.**
- **Le deuxième moment dure 5 minutes : il porte sur mes souhaits d'orientation, en lien avec la question traitée.**
- **Je peux utiliser un support pendant mon exposé. Ce support n'est pas évalué. Je ne viens pas avec le jour de l'épreuve. Je dois le réaliser pendant les 20 minutes de préparation.**

7
JE M'ENTRAÎNE AVEC LES AUTRES

« Avancer à plusieurs pour aller plus loin. »

Pourquoi est-ce que j'y gagne ?

Il y a beaucoup de bénéfices à tirer de l'entraînement à deux ou à plusieurs. Ici comme pour le reste, l'essentiel est de bien démarrer en choisissant une personne de confiance. On peut bien sûr faire équipe à plus de deux, mais en veillant à ne pas se disperser.

1 Quels sont les dangers d'une préparation en solo ?

Tout(e) seul(e), c'est plus risqué car je peux me décourager mais aussi ne pas garder la bonne distance par rapport à mon travail : soit ne pas réussir à me motiver, soit au contraire m'égarer dans des recherches où je perds de vue le cœur de mon sujet.

La personne qui fait équipe avec moi est précieuse pour me donner un retour critique et bienveillant, pour me remonter le moral si besoin, mais également pour me prévenir au cas où je commence à consacrer un nombre d'heures démesuré à des thèmes éloignés de ma question centrale.

Ainsi, je peux très bien faire équipe avec une personne qui n'a pas choisi les mêmes thèmes que moi. Ce qui compte est le contrat de confiance avec elle.

2 Choisir une personne de confiance

Qu'est-ce qu'une personne de confiance ? C'est celle qui est capable de tenir ses engagements. Lorsqu'on prévoit de travailler ensemble, on est là. On tient le rythme. C'est comme dans un sport d'équipe. Imagine-t-on une équipe de handball ou de football dont la moitié des membres serait absente aux entraînements ? La régularité et la fiabilité sont les premières des exigences.

La personne de confiance est aussi celle qui est capable de mettre en valeur mes points positifs (mes atouts) en premier lieu, mais également de me dire sur quels points je peux progresser très vite, avec bienveillance. Ce travail commun concerne autant mes recherches et la construction de mon propos que les entraînements physiques pour trouver les appuis en moi de façon réflexe, y compris en situation de stress (→ p. 113).

LE SAVIEZ-VOUS ?

Connaissez-vous la formule **1 + 1 = 3** ? Cela ne relève pas des mathématiques ! C'est une façon d'exprimer l'intérêt de travailler à deux. Non seulement les qualités de chacun s'additionnent, mais on gagne quelque chose de plus : à deux, on produit quelque chose de nouveau créé par notre tandem. De la farine et de l'eau auxquelles on ajoute de la levure, cela devient du pain !

Être coach, cela s'apprend et c'est une excellente chose si la préparation au Grand Oral me permet de me conforter dans cette dynamique très positive où l'on s'entraide pour progresser. Il s'agit d'établir un contrat clair entre nous dès le départ et de le respecter !

3 Peut-on faire équipe à plus de deux ?

Bien sûr, mais il faut veiller à ne pas se disperser. À deux, on communique facilement : ne serait-ce que pour fixer un rendez-vous commun, c'est plus facile qu'à trois, quatre ou cinq !

Une astuce : si je souhaite faire équipe à quatre ou cinq, je peux subdiviser le groupe en deux tandems ou en un tandem et un trio. Ainsi, je retrouve la finesse du travail à deux tout en profitant de l'éventuelle dynamique d'un groupe plus étoffé.

JE RETIENS

Préparer et s'entraîner à deux ou à plusieurs demande une discipline de travail collective. Mais le jeu en vaut la chandelle.

8 J'ORGANISE MA PRÉPARATION LE JOUR J

« Je me concentre pendant mes 20 minutes de préparation. »

Pourquoi planifier ma préparation de 20 minutes le jour J ?

Ce moment qui va passer très vite est décisif et conditionnera l'état dans lequel je vais entrer dans la salle d'examen. Comme pour une épreuve sportive ou une présentation artistique, le temps de préparation fait partie de l'entraînement.

1 Quels sont les objectifs à garder à l'esprit ?

Le jour de mon Grand Oral, je dispose de 20 minutes de préparation. Elles doivent me servir à :

- rassembler mes idées sur le sujet choisi par le jury ;
- rester dans un tempo calme et gérer mon stress ;
- veiller à me mettre dans un état de disponibilité et d'ouverture pour la rencontre avec le jury et les 15 minutes d'échange.

2 La règle d'or

Au tout début, rester au moins 3 minutes sans rien noter, pour garder l'esprit disponible.

3 Le bon prérequis

Si je me suis entraîné(e) correctement, j'ai répété au moins une demi-douzaine de fois la présentation de chacun de mes deux sujets, soit en solo, soit devant quelques camarades ou la classe entière. Le jour J, nous retrouvons la formule fameuse de Churchill : « Mes meilleures improvisations sont celles que j'ai le plus préparées. »

4 Organiser mon temps de préparation

Pour chacun de mes deux sujets, l'organisation de mes 20 minutes de préparation peut varier. Par exemple, si je choisis d'utiliser un support pour l'une des questions mais pas pour l'autre, j'emploierai différemment ces 20 minutes. Dans tous les cas, j'arrive le jour J en sachant précisément comment j'utilise ces 20 minutes à la minute près. Je me munis donc d'un chronomètre ou d'un minuteur (en ayant vérifié au préalable auprès du jury que mon appareil est autorisé). Voici quelques étapes incontournables pour organiser ces 20 minutes.

A Je réalise le support

Si j'ai choisi d'utiliser un support pour mon exposé, je le réalise (→ p. 81). Je le confectionne de mémoire avec un chronomètre sous les yeux. Je sais d'avance de combien de temps je vais disposer.

B Je me rafraîchis la mémoire

Pour rassembler mes idées et les rafraîchir, je peux éprouver le besoin de réécrire mon plan.

Ce que je peux noter :

- les idées principales, les chiffres ou exemples clés ;
- la première phrase de mon introduction ;
- la dernière phrase de ma conclusion.

Je peux aussi préférer me réciter à voix basse tout ou partie de ma présentation, si je fonctionne avec une mémoire auditive, ou encore mobiliser d'autres techniques de mémorisation comme la visualisation (→ p. 67).

C Je me prépare physiquement et mentalement

Objectif : je reste zen et dans mon tempo ! La préparation physique et mentale comptera beaucoup dans ma réussite. C'est le moment d'appliquer les techniques de gestion du stress (→ p. 88). Je prévois au moins 3 minutes à la fin du temps de préparation à la respiration guidée ou à tout autre outil que j'ai appris à utiliser pour bien gérer mon rythme cardiaque.

Si besoin, je fais le vide. À tout moment, je suis à l'écoute de mes sensations pour les mettre en perspective si je sens le stress monter.

Je mobilise mes ressources physiques (→ p. 113). Je suis prêt(e) à la rencontre !

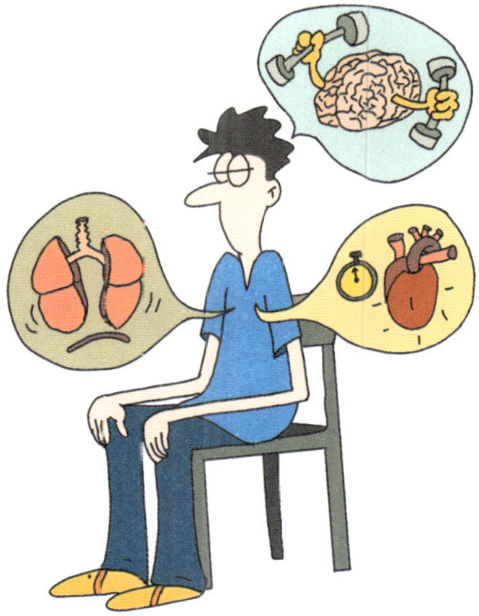

5 Trois stratégies d'organisation

A 20 minutes de concentration

Exemple d'Alice (p. 43) : L'intelligence artificielle et les données : menace ou espoir ?

STRATÉGIE DE PRÉPARATION

Je me concentre sur ma respiration, sujet que je connais bien car je pratique une respiration attentive lorsque je fais de l'équitation. Je transpose ces entraînements à la préparation de l'examen oral. Je travaille sur une respiration profonde.

0-3 min
Je fais le point sur mon état émotionnel. Je travaille avec un exercice de cohérence cardiaque (→ p. 90).

3-10 min
Je n'ai pas prévu d'utiliser un support pendant mon exposé. Je me sécurise en réécrivant mon plan, les idées principales, cinq exemples-clés, la phrase d'introduction et la phrase de conclusion.

10-20 min
J'écoute mes sensations et mon état émotionnel. Je travaille avec la respiration pour me rendre disponible à la rencontre avec le jury.

B Moitié pour moi, moitié pour mon support

Exemple de Gabriel (p. 42) : La formation des salariés aux outils de gestion du stress.

STRATÉGIE DE PRÉPARATION

0-3 min
Je résiste à la tentation de m'emparer de mon stylo. Je travaille sur ma respiration.

3-9 min
Je réalise mon support : la courbe de Yerkes et Dodson reliant l'intensité du stress et le niveau de performance.

9-17 min
Je me récite à voix basse ma présentation initiale, en version zen.

17-20 min
Je reviens à la respiration avec des inspirations et des expirations de 5 secondes.

C Une surprise calculée

Exemple de Liam (p. 43) : La poésie peut-elle encore être moderne ?

STRATÉGIE DE PRÉPARATION

0-3 min
Je travaille sur moi-même en combinant exercices de respiration et de visualisation.

3-15 min
J'ai prévu d'utiliser précisément mon support. Je ne vous dévoile pas tout, mais il s'agit de trois textes brefs écrits cette année par des artistes connus, dont un poète, un slameur et un autre chanteur. Je vais les partager à voix haute au cours de mon exposé.

15-20 min
Zen, zen, zen.

JE RETIENS

Pendant ma préparation, je rassemble mes idées en quelques minutes sur ma question, je réalise un support si j'en ai prévu un, je gère mon stress par la respiration et je me prépare pour rester disponible aux questions du jury.

9 MON SUPPORT

« Un support seulement si je le juge nécessaire. »

Dois-je utiliser un support pendant mon exposé ?

C'est mon choix. Le support n'est pas évalué. Je dois en prévoir un dans deux cas :

- s'il m'est nécessaire comme aide-mémoire ;
- s'il vient en appui de mon propos (je prévois alors de le montrer au jury).

1 Garder le support pour moi et l'utiliser comme aide-mémoire

Mon support est alors utile pour ma mémorisation (→ p. 66). Une règle d'or : je m'entraîne à parler sans support de façon à exercer ma mémoire sans filet. Qui peut le plus peut le moins ! Le jour J, je ne serai pas tenté(e) de me réfugier dans mes notes ce qui réduirait considérablement mon impact à l'oral, tout en gardant une sécurité en cas de trou de mémoire.

2 Montrer ou remettre mon support au jury

Un choix stratégique est d'utiliser le support pour nourrir l'interaction avec le jury. Je ne le garde pas pour moi. Je le lui montre au cours de mon exposé. Je peux aussi le lui remettre au préalable. Je pourrai alors dire, lorsque je l'utiliserai dans mon propos : « Vous pouvez ainsi voir sur le support que je vous ai communiqué… », sans être tenté(e) de me réfugier dans mes notes.

Le support qui nourrit l'interaction est ainsi utilisé pour appuyer ma présentation,

notamment si j'ai choisi une **question scientifique ou technique**. Une équation, des chiffres-clés ou un schéma peuvent, dans ce cas, être utilement indiqués au jury. J'aurai alors intérêt à y faire référence lors de mon exposé de 5 minutes ou bien je pourrai m'y reporter lors de l'échange.

Je peux encore choisir de **remettre au jury le plan de mon exposé** ou tout autre élément susceptible de servir d'aide-mémoire. En cas de trou de mémoire lors de mon exposé, le jury peut choisir de me relancer à partir des éléments que je lui aurai transmis.

3 La réalisation du support

Attention ! le support de mon Grand Oral ne s'improvise pas lors de la préparation en 20 minutes le jour de l'épreuve. **Si je choisis d'en utiliser un lors de mon exposé, je dois l'avoir minutieusement préparé avant mon Grand Oral.**

Le jour J, on me remettra une feuille : je devrai alors reproduire ce que je veux transmettre en m'appuyant sur ma mémoire. Je consacre au maximum **10 à 15 minutes** de ma préparation pour le réaliser au propre sur le recto de ma feuille.

Pour bien le concevoir, je dois garder à l'esprit que je ne disposerai que de quelques secondes pour l'utiliser, que ce soit comme aide-mémoire ou comme complément à ma présentation pour le jury. Je dois veiller à son efficacité et à sa pertinence.

JE RETIENS

- **Lors du Grand Oral, je montre ma capacité à parler debout et de façon engagée dans mon propos. Si je choisis d'utiliser un support, il ne doit en aucun cas gêner l'interaction avec le jury.**
- **Je n'utilise un support que s'il est indispensable comme aide-mémoire ou pour illustrer mon propos. Il n'est pas évalué.**
- **Le jour J, je le reproduis de mémoire sur le recto d'une feuille, dans la limite des 20 minutes de préparation.**

Les clés pour réussir

1 J'APPRENDS À GÉRER LE STRESS

« Je fais du stress un ami. »

VIDÉO

Je gère mon stress

Pourquoi une bonne gestion du stress est-elle essentielle le jour de l'épreuve ?

Le Grand Oral est le point final de mes études secondaires ; il marque le passage à ma vie d'étudiant(e) ou de jeune professionnel(le). Je suis évalué(e) par un jury devant lequel je m'expose. Il est donc normal que cette épreuve génère un certain stress. Mais s'il n'est pas maîtrisé, le stress provoque des symptômes parasites qui affectent la relation avec mes interlocuteurs. À l'inverse, si je sais le réguler, il boostera ma prestation lors de l'épreuve. Alors comment faire ?

1 Le stress, c'est quoi ?

Le stress est une réaction d'adaptation de notre organisme à l'environnement. Déjà nos ancêtres préhistoriques le ressentaient face à un danger ou un contexte inhabituel.

Mais le stress me booste : des hormones sont sécrétées (comme l'adrénaline) pour me donner l'énergie physique et mentale afin de répondre à la situation stressante. D'où l'intérêt d'en faire un ami.

2 Le stress, c'est normal ?

Halte à la panique ! Si je me sens nerveux(se) face à un auditoire, c'est tout à fait normal, et encore plus en situation d'examen (comme pour le Grand Oral). Parler en public, c'est s'exposer au regard des autres, à leur jugement. C'est une situation à enjeu pour nous tous, car nous nous construisons socialement dans la perception que les autres ont de nous. Et cela dépend aussi de notre aptitude à nous exprimer en public.

3 Non maîtrisé, le stress parasite ma relation à l'auditoire

Il existe de nombreuses manifestations du stress lors d'une prise de parole en public. Toutes sont susceptibles d'avoir un impact négatif sur ma prestation.

- J'ai trop chaud
- Je fais les cent pas
- Je ne tiens pas en place
- Je suis tendu(e) physiquement
- Je ne fais pas de pauses
- J'ai le cœur qui bat à toute allure
- Ma respiration est rapide et saccadée
- Je suis en respiration haute
- J'ai du mal à regarder mon auditoire
- Je fais des gestes parasites (auto-contact, bras croisés…)
- Je rougis

MESSAGES PARASITES DU LANGAGE CORPOREL
→ Impact sur la communication non verbale (visuel)

- J'ai des trous de mémoire
- J'utilise des scories (« euh… », « donc… »)
- Je fais des phrases à rallonge
- Mes idées sont confuses
- Je perds mes mots
- Je bafouille

MESSAGES PARASITES DU SENS
→ Impact sur la communication verbale (le propos)

- Ma voix monte dans les aigus
- J'ai la bouche et la gorge sèches
- Mon ton est monocorde
- Je parle trop vite
- Je ne parle pas assez fort
- J'ai la voix qui tremble

MESSAGES PARASITES DANS MA VOIX
→ Impact sur la communication non verbale (auditif)

▲ *Les manifestations du stress.*

Ces manifestations du stress touchent les deux appuis de ma communication à l'œuvre quand je parle en public : la communication non verbale (ce que disent ma voix et mon corps) et verbale (le sens : les mots, le contenu).
Quand ces symptômes s'accumulent, ils perturbent la qualité de l'écoute de l'auditoire autant que ma concentration et mon ancrage. Le stress bien géré m'entraîne vers une meilleure performance. Le stress mal géré m'entraîne vers la contre-performance.

4 Bien régulé, le stress booste ma performance à l'oral

La courbe ci-dessous, réalisée d'après une étude des chercheurs Yerkes et Dodson, décrit la relation entre l'intensité du stress (en abscisse) et le niveau de performance (en ordonnée). Apparaissent trois moments :

- **s'il y a trop peu de stress,** la performance est faible ;
- **s'il y en a trop,** la performance est faible également ;
- **entre les deux,** se trouve un optimum où le stress est régulé et la performance maximale.

Travailler la mise sous tension optimale me permet d'être au sommet de mes moyens. C'est pourquoi, le plus souvent, on est meilleur(e) le jour de l'épreuve qu'à l'entraînement.

LE SAVIEZ-VOUS ?

Le film *Shakespeare in Love* (1999) retrace la création de *Roméo et Juliette* par le célèbre dramaturge britannique. À la fin du film, le comédien qui doit ouvrir le spectacle lors de la première bégaie sous l'effet du stress alors qu'il est sur le point d'entrer en scène. Il fait quelques pas vers le public, prend quelques instants de silence... et finalement déclame parfaitement son texte. Un bel exemple des effets bénéfiques d'une bonne gestion du stress.

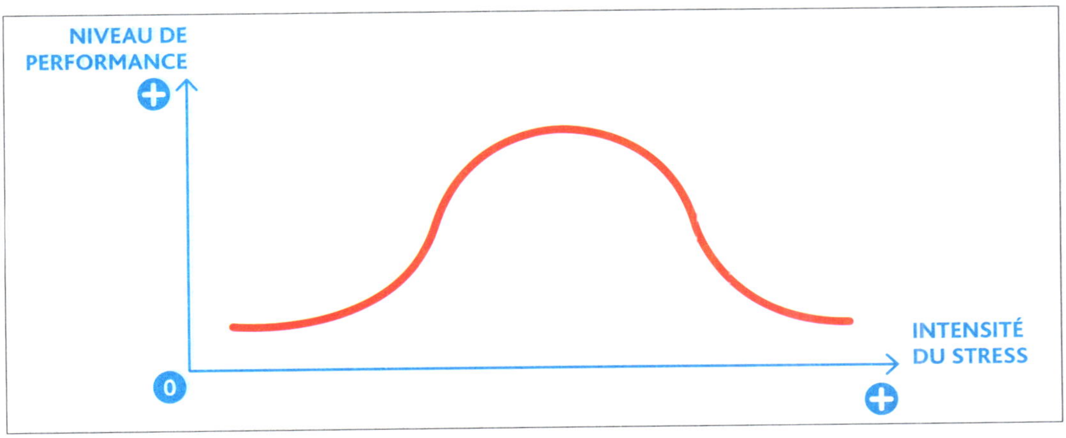

▲ *Stress et performance.*

5 Les méthodes pour maîtriser mon stress

A Jouer sur le mental et le corps

Le stress non maîtrisé est un cercle vicieux :
- **Il naît dans mon cerveau,** dès que je perçois un stimulus de stress.
- **Il a des effets sur mon corps :** des symptômes parasites peuvent apparaître.
- **S'ils sont trop importants,** ces symptômes m'empêchent de donner le meilleur… ce qui provoque encore plus de stress !

Pour enclencher un cercle vertueux, au moment de mon oral, il existe plusieurs méthodes qui jouent soit sur le mental, soit sur le corps.

B Me relaxer

J'agis sur mon corps pour calmer les symptômes parasites du stress : étirements, relaxation… (→ exercice 1, p. 90).

C Utiliser ma respiration

C'est par la respiration que je peux principalement agir sur la régulation de mon stress :
- j'augmente grâce à elle le taux d'oxygène dans mon sang et je ralentis par conséquent mon rythme cardiaque (→ exercice 2, p. 90) ;
- j'agis indirectement sur le système nerveux parasympathique.

Grâce à la respiration, je développe en moi une sensation de relaxation qui me sert de repère le jour J : plus je travaille à retrouver cet état d'équilibre régulièrement, plus il me sera facile de m'y référer le jour de l'examen.

LE SAVIEZ-VOUS ?

Le système nerveux *sympathique* participe à l'accélération de mon rythme cardiaque pour me préparer à une situation de danger ou à un enjeu. Le système *parasympathique*, lui, agit comme un frein sur le premier. La respiration me permet d'établir un équilibre entre les deux.

D Entraîner mon mental

1 La technique de la méditation : elle me permet d'apprendre à calmer mon esprit et à l'empêcher de paniquer face à l'enjeu. Je m'entraîne à mieux gérer mon attention afin de ne pas m'éparpiller en conjectures inutiles (→ exercice 3, p. 91).

2 La technique de la visualisation : elle est utilisée par les athlètes ou artistes.
- **Je visualise le plus précisément possible chaque moment de mon examen :** l'attente, l'entrée dans la salle, la prise de contact avec mon jury, le choix de la question, les 20 minutes de préparation, le début de ma présentation…

- **J'imagine ce que je dis,** ce que je fais. Je répète chacune de ces étapes mentalement, plusieurs fois.
- **J'utilise ainsi mon cerveau comme un simulateur,** non pas de vol, mais de stress. En m'entraînant à expérimenter la situation du Grand Oral au préalable, je me prépare à la vivre plus confortablement lorsqu'elle se produira réellement.

Je pratique cet exercice en amont de mon oral (plusieurs jours, voire plusieurs semaines avant). Mais je peux aussi le pratiquer le jour J, voire juste avant d'entrer dans la salle d'examen !

E Me préparer en amont…

La meilleure méthode pour éviter de paniquer le jour J ? Me préparer au mieux avant mon oral ! Les semaines qui précèdent :

- **Je me prépare un peu tous les jours,** en suivant les exercices qui sont les plus efficaces pour moi.
- **Je répète mon propos,** je m'entraîne seul, avec des camarades et en classe.
- **J'apprends à me concentrer sur l'essentiel :** ce que je veux dire, mon état émotionnel, mes appuis en moi.

F … et le jour de l'examen

1 **Avant de me rendre à mon oral :** je reprends les exercices 1, 2 et 3, p. 90 et 91 comme un rituel.

2 **Dans les 5 minutes qui précèdent mon entrée dans la salle :** je refais l'exercice 2, sur la maîtrise du rythme cardiaque.

3 **Pendant l'oral lui-même :** j'utilise la sensation de détente que j'ai développée grâce à mon travail de préparation comme repère pour revenir au calme en cas de stress.

JE RETIENS

- **Les manifestations du stress affectent ma performance lors d'un examen. Apprendre à maîtriser mon stress me permet à l'inverse de booster ma prestation.**
- **L'entraînement (respiration, méditation, visualisation) me permet de mobiliser ces techniques de façon réflexe le jour de l'examen !**

JE M'ENTRAÎNE

Exercice 1 Je tends, je relâche

1 min

1. Allongé(e) ou assis(e), je tends le plus possible tous les muscles de ma jambe gauche pendant 5 secondes, puis je relâche au maximum, pendant 5 secondes également.

2. Je répète l'opération avec la jambe droite. Puis avec le bras gauche, le long du corps, et ensuite le bras droit. Je passe alors à l'épaule gauche, que je tends en la montant vers l'oreille, puis à l'épaule droite. Puis le cou et le visage.

3. Pour terminer, je m'étire vers le ciel, en tension maximale, les pieds à plat au sol ; je tiens la position 5 secondes, puis je relâche et me détends.

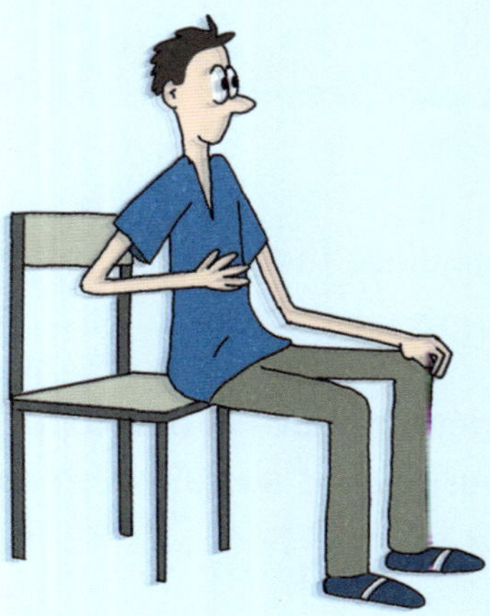

Exercice 2 Je maîtrise mon rythme cardiaque

3 min

Je me détends grâce à la respiration.

1. Assis(e) dans une position dynamique ou debout, j'inspire pendant 5 secondes, puis j'expire pendant 5 secondes (chronomètre en main).

2. Je répète l'opération pendant 3 minutes (soit dix-huit fois). La régularité de ma respiration agit sur mon rythme cardiaque, le ralentit et le stabilise.

CONSEIL

Je pratique cet exercice le plus régulièrement possible, y compris le jour de l'examen.

Exercice 3 Le balayage corporel

5 min

1. Les yeux fermés, je me laisse aller, assis(e) confortablement sur un siège : les jambes allongées, les pieds à plat, les bras pendant vers le sol, la tête reposant sur la poitrine.

2. Je visualise une ligne imaginaire qui traverse mon corps de bas en haut. Chaque fois que la ligne traverse une partie du corps, je me concentre sur son complet relâchement.

3. Cette ligne commence son voyage par les orteils et les pieds, puis monte le long des chevilles, des jambes, des genoux, des cuisses, des fesses, des hanches, du bassin, le long du ventre, du bas du dos, du plexus solaire, du thorax, du dos, du cou, de la gorge, du menton, des joues, des lèvres, du nez, des yeux, du front et du cuir chevelu. Elle descend des épaules le long des bras, des coudes, des avant-bras, des poignets, des paumes, puis le long des phalanges de chaque doigt. Toute tension disparaît alors dans mon corps.

4. Je ramène alors mon attention à ma respiration. J'observe l'état de calme dans lequel je me trouve et je l'ancre en moi. Je conserve cet état pendant quelques dizaines de secondes avant de rouvrir les yeux.

JE M'AUTO-ÉVALUE

J'apprivoise mon stress

1 à 5 min

1. Je définis le plus précisément possible le niveau de stress que je ressens lors de certaines interventions orales. Je m'évalue sur une échelle de stress de 1 à 10 en en repérant les manifestations éventuelles (→ p. 86).

2. Je travaille à connaître le mieux possible mes stimuli de stress (ce qui provoque une réaction de stress chez moi) : dans quel contexte ai-je tendance à ressentir de la nervosité ? devant quel type de public ? sur quel sujet particulier ?

3. En fonction de mon niveau de stress ressenti et des stimuli que j'ai identifiés, je construis ma propre méthode de gestion du stress à partir des entraînements proposés dans ce chapitre, mais pas seulement. J'expérimente différentes techniques (un échauffement que je pratique au sport par exemple, un exercice de yoga que je connais, ou tout simplement une balade à pied de quelques minutes). Je conserve celles qui fonctionnent le mieux pour moi. À chacun(e) son rituel et ses habitudes pour répondre au stress de façon adéquate !

2
JE M'EXPRIME CLAIREMENT ET CALMEMENT

« Ce qui se conçoit bien s'énonce clairement et les mots pour le dire arrivent aisément. »
Nicolas Boileau, écrivain français

Comment rendre mon propos clair ?

La clarté et la pertinence du propos sont les qualités fondamentales évaluées à l'oral. Elles se travaillent toute l'année et restent l'objectif principal le jour J. Pour tirer profit au mieux de ma préparation, je veille aussi, lorsque je m'exprime, à bien gérer mon stress et à rester calme.

1 Je m'exprime clairement

A Transmettre mon propos de façon efficace

Plus j'aurai préparé le Grand Oral pendant l'année, plus j'aurai de chance d'être claire(e) le jour J. Mais bien me préparer, ce n'est pas seulement une question de temps, c'est aussi une question de méthode. Il faut d'abord rassembler toutes les connaissances et les questions que je me pose sur mon sujet : c'est donc la quantité de connaissances qui compte dans un premier temps. Je sélectionne ensuite ce qui est le plus pertinent, pour ma présentation et aussi pour l'échange qui suivra. C'est donc la qualité qui compte dans un deuxième temps. Enfin, je dois veiller à transmettre mes réflexions et mes connaissances au jury de la façon la plus efficace : c'est alors la clarté qui compte.

B Utiliser la méthode cartésienne

Mathématicien et philosophe, Descartes (1596-1650) établit quatre principes pour réfléchir et s'exprimer avec clarté et pertinence. Des conseils inusables, à tel point que l'on parle depuis de la « méthode cartésienne ». Elle est si puissante qu'elle est à la base de ce que l'on m'enseigne à l'école, de la maternelle à la terminale. Elle est bien sûr à l'esprit de mes enseignants et du jury. Voici les quatre principes à bien respecter pour le Grand Oral :

▲ René Descartes.

- **Je vérifie toujours par moi-même l'exactitude de mes propos.** J'évite de me précipiter et je me méfie de mes préjugés. Je ne garde pour mon propos que ce qui est clair et distinct.
- **Je divise chacune des difficultés** que j'examine en autant de parties qu'il est possible. Ainsi, je subdivise mon sujet en autant de questions que possible. Je peux mieux les résoudre de cette façon (→ exercice 1, p. 94).
- **Je conduis par ordre ma pensée** en commençant par le plus simple et le plus aisé à connaître, pour progresser, par étapes, vers le plus composé et complexe.
- **Je vérifie que j'ai pensé à tout sur mon sujet,** sans rien oublier d'essentiel.

2 Je garde mon calme

Bien gérer mon stress est essentiel pour bien penser (→ p. 85). Si je me laisse aller à la précipitation, et que je suis submergé(e) par mes émotions, mon propos risque de devenir confus, sans queue ni tête. J'ai donc intérêt à **prendre conscience de mes émotions pour les mettre à distance** (→ exercices 2 et 3, p. 94 et 95). Si je prends le temps de bien respirer et de penser à ce que je vais dire, mon propos a plus de chances d'être pertinent.
Ce tempo calme de l'énonciation me permet d'être réfléchi(e) et posé(e), des qualités essentielles pour un oral. Dans les silences, je prends le temps de respirer et de concevoir mon propos (→ p. 135). De plus, je prends ainsi en compte la capacité d'attention de mon interlocuteur. Grâce aux pauses que je marque, je lui laisse le temps de s'approprier ce que je dis.

JE RETIENS

- **S'exprimer clairement demande d'être au clair avec ce que je veux dire, ce qui implique, sur une question complexe, beaucoup de travail.**
- **Le jour J, garder mon calme permet de résister aux mauvaises réactions de stress qui entraînent une accélération cardiaque non maîtrisée et une confusion de l'esprit.**

LES CLÉS POUR RÉUSSIR

JE M'ENTRAÎNE

Exercice 1 Je m'oblige à une idée par phrase

5 min

Selon les instructions officielles relatives au Grand Oral, des phrases longues à la syntaxe fragile sont indiquées comme un signe de maîtrise insuffisante. Voici un exercice pour y remédier. C'est une gymnastique de l'esprit. Plus on s'entraîne, plus cela vient facilement.

1. Je choisis un sujet, sur un thème familier. Par exemple : comment je me suis rendu(e) au lycée ce matin, ce que je vais faire le week-end prochain, ma recette préférée, la dernière série que j'ai vue ou le dernier jeu vidéo que j'ai aimé…

2. Je parle sur le thème choisi pendant 2 minutes en m'enregistrant. Je m'astreins à des phrases courtes (5 à 10 mots au maximum), avec **une idée par phrase et une seule.** Je vise le schéma élémentaire mais très efficace : sujet + verbe + complément.

CONSEIL

Je laisse un silence de 5 secondes après chaque phrase pendant lequel je respire. Ce sont de simples gammes. Ce passage obligé permettra de changer mes habitudes et de retrouver plus de liberté ensuite. J'évite absolument les phrases à rallonge coordonnées par « et », « et bah », « et alors », « euh », de longs tunnels qui rendent le sens plus approximatif et confus.

3. Je m'enregistre et je m'écoute pour prendre conscience des éventuelles scories (« euh », « bah », « donc », « en fait », syllabes finales se muant en « euh »…).

4. Je répète l'exercice sur plusieurs jours jusqu'à disparition des scories.

Exercice 2 J'écoute mes émotions et je les exprime

5 min

1. Je repère un fait ou un événement qui m'a enthousiasmé(e) ou contrarié(e).

2. Je note sur un papier ce qui m'a fait plaisir ou, au contraire, m'a tracassé(e).

3. Que puis-je constater ?

→ **Je constate que le passage à l'écrit permet de mettre à distance mes émotions.**

Exercice 3 Je distingue les faits et ce que je ressens

5 min

1. Je choisis un sujet d'actualité ou un thème personnel. Je m'exprime dessus pendant 1 minute en m'enregistrant.

2. Je trace ensuite un tableau à deux colonnes, l'une consacrée aux faits, l'autre à ce que je ressens.

3. J'écoute mon enregistrement en complétant la première colonne avec les faits que j'ai évoqués : les faits sont objectifs et non contestables. Je complète la seconde colonne avec ce que j'ai ressenti : mes émotions ou mes valeurs concernent ma subjectivité.

4. Je m'exprime sur le même thème en ordonnant mon propos : je commence par les faits avant d'exprimer le ressenti.

JE M'AUTO-ÉVALUE

Je replace les faits dans leur contexte

1. Je choisis un sujet d'actualité qui me touche particulièrement.

2. Je commence par évoquer, à l'écrit ou à l'oral en m'enregistrant, le contexte de ce sujet d'actualité en mettant de côté mes émotions.
- Qu'est-ce qui a précédé le fait que j'évoque ?
- Qu'est-ce qui en est la cause ?
- Quelles sont les différentes personnes concernées ? (En sciences économiques et sociales, on parle des « acteurs ».)
- Quels sont leurs intérêts dans l'affaire ? leurs objectifs ? les mots qu'elles emploient ?

3. Je vérifie qu'à chaque étape de l'élaboration, mon rapport émotionnel au sujet n'a pas limité sa compréhension.

3 JE PARLE POUR LE CERVEAU DU JURY

« Trouver les mots pour s'adresser à plus âgé que soi. »

▲ *Greta Thunberg à la Conférence de Madrid sur les changements climatiques, le 11 décembre 2019.*

Pourquoi communiquer implique-t-il de se mettre à la place de l'autre ?

Lorsque je parle, je ne suis pas seulement responsable de ce que je dis, mais aussi de ce que l'autre (en l'occurrence le jury !) comprend. C'est pourquoi je dois veiller aux fondamentaux : avoir bien préparé ma présentation et l'échange qui suivra, être clair(e) et audible de la première à la dernière minute. Pas question de me démobiliser un seul instant, même si je me sens en difficulté ! À cœur vaillant, rien d'impossible !

1 Je maîtrise l'art de capter l'attention

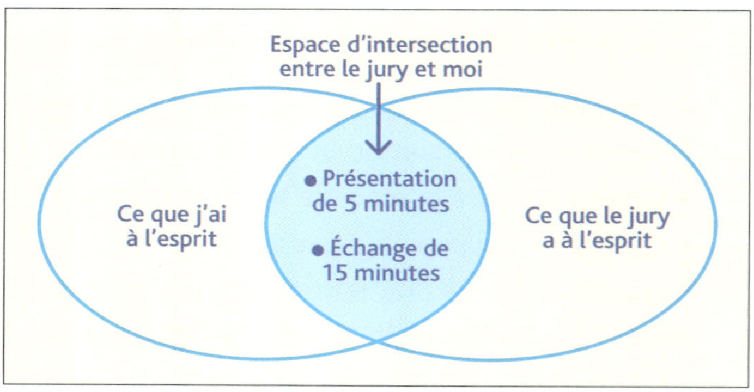

▲ *L'interaction entre le jury et le candidat.*

S'exprimer lors de ce Grand Oral, c'est formuler un propos solide, personnel, longtemps préparé à l'avance, et être capable de l'exprimer en interaction avec le jury. Cela implique de s'adresser au cerveau de mes interlocuteurs en ayant à l'esprit qu'ils ont des attentes liées à l'épreuve et des codes professionnels (→ exercice 1, p. 98). Je dois **être attentif(ve) à mon auditoire et aux signaux d'écoute ou de moins bonne écoute qu'il peut émettre**. Il faut que je puisse raviver son attention et utiliser les silences, le changement de ton, d'intensité vocale ou de rythme pour le ramener à moi (→ p. 151).

2 Ce qui se perd à l'oral

Les examinateurs entendent plusieurs oraux à la suite. J'ai tout à gagner à leur faciliter l'écoute. Il y a en effet un **risque de déperdition entre ce que je voudrais dire et ce que l'auditoire retiendra de mon propos**. Même si le professionnalisme du jury le conduit à avoir un niveau d'attention nettement supérieur à la moyenne, je dois veiller à tout ce qui dépend de moi pour ne pas amoindrir involontairement ce que je veux dire.

Les causes de la déperdition d'information	→	Comment cela peut-il se manifester lors de mon Grand Oral ?
Je manque d'intérêt et de motivation (→ exercice 2, p. 99).	→	Mon propos n'est pas vivant, et mon jury ne m'écoute pas.
J'utilise un registre familier ou inapproprié.	→	Le jury n'a plus envie d'écouter.
Je fais un hors-sujet.	→	Le jury considère que je parle pour ne rien dire.
Je ne soutiens pas ce que je dis par le regard.	→	Le jury se sent moins concerné.
Mon propos est mal structuré.	→	Le jury cherche où je veux en venir.
Je ne communique pas mon envie de convaincre.	→	Mon propos n'est pas vivant.
Je ne définis pas les notions que j'emploie.	→	Le jury ne comprend pas mon propos.
Toutes mes syllabes ne sont pas audibles.	→	Le jury cherche à comprendre ce que je viens de dire et ne peux plus bien écouter ce que je dis.

▲ *La déperdition d'informations.*

3 Je m'exprime dans le bon registre

Le jury est d'une autre génération que la mienne. Il est dans un rôle officiel. Le Grand Oral est un examen national. L'épreuve demande que j'adapte mon niveau de langue à l'examinateur. Elle est aussi une étape vers les études supérieures et la vie professionnelle.

LE SAVIEZ-VOUS ?

Lorsqu'il était président des États-Unis, Barack Obama s'était entouré d'un « bureau du Discours public ». Cette équipe était composée d'au moins un membre de chaque communauté à laquelle le chef de l'État devait s'adresser. Le représentant de chacune avait pour charge de mettre en mots et en musique le message présidentiel de façon ciblée afin qu'il soit bien reçu et compris par ceux auxquels il était destiné.

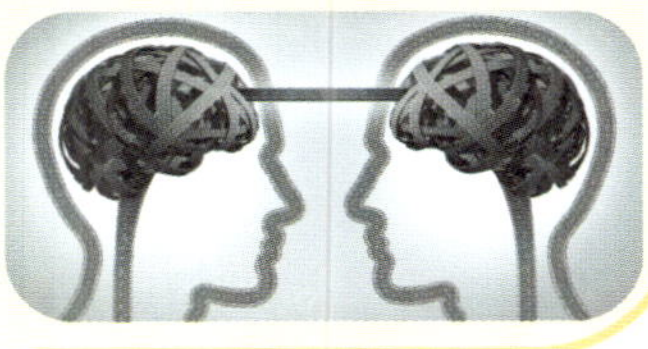

LES CLÉS POUR RÉUSSIR

C'est à moi de faire en sorte que le jury me considère comme un(e) jeune adulte responsable. Je ne peux pas m'exprimer comme je le ferais en m'adressant à des amis ou à ma famille. Les expressions familières sont à éviter absolument. Les mots que j'emploie témoignent, comme ma tenue vestimentaire, de mon respect à l'égard de mes interlocuteurs et aussi vis-à-vis de moi-même.

JE RETIENS

- **L'attention de mon interlocuteur est précieuse. Je dois la mobiliser et la stimuler en m'engageant pleinement dans mon propos.**
- **Le Grand Oral est une épreuve nationale avec ses codes. Je montre ma capacité d'adaptation en m'exprimant avec intelligence dans le registre voulu.**

JE M'ENTRAÎNE

Exercice 1 J'envisage différentes façons d'aborder mon sujet

10 min

Les membres de mon jury sont des enseignants et d'une autre génération que la mienne. Pour faire de mon sujet un sujet commun avec eux, je complète le schéma suivant :

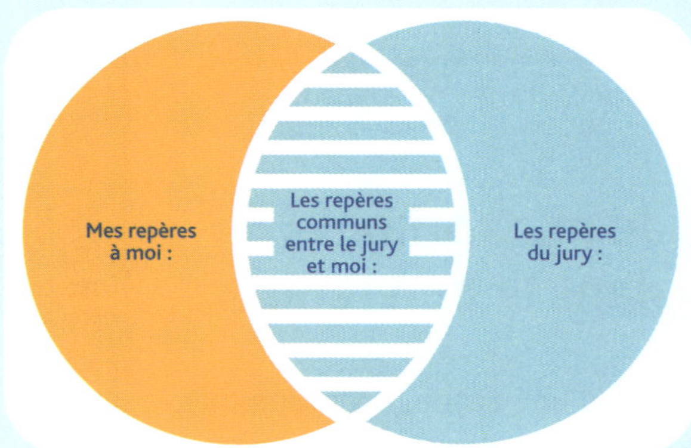

▲ *Différentes façons d'aborder mon sujet.*

Exercice 2 Pourquoi mon sujet est-il le sujet du siècle ?

de 1 à 3 min

1. J'explique l'intérêt de mon sujet à mes grands-parents, mes parents, mes camarades, mon enseignant de spécialité… Je trouve une phrase d'attaque différente chaque fois.

2. Je développe mon propos pour chacun de ces auditoires. Quels mots est-ce que j'emploie pour qu'ils se sentent concernés ? En quoi ai-je changé mes mots et, par conséquent, de stratégie d'approche, en fonction de mes auditeurs ?

JE M'AUTO-ÉVALUE

Je chronique mon sujet

J'imagine que je dois parler de mon sujet sur une radio nationale.
Je m'interroge pour savoir comment adapter mon propos.

- J'ai 1 minute d'antenne : qu'est-ce que je dis ? Je m'enregistre et je m'écoute. Suis-je efficace ?
- J'ai 3 minutes d'antenne : qu'est-ce que je dis ? Je m'enregistre et je m'écoute. Arrive-t-on à suivre l'enchaînement logique de mon propos, du début à la fin ?

4 J'ASSUME MES DIFFICULTÉS ET MES ERREURS

« C'est en forgeant qu'on devient forgeron. »

Pourquoi est-ce important d'assumer mes difficultés et mes erreurs ?

Un oral parfait, ça n'existe pas. Quelle que soit la discipline, on n'apprend que si l'on accepte de se tromper. Pour préparer le Grand Oral, je prends en compte, dès le début, mes faiblesses et mes erreurs parce qu'une bonne prestation, le jour J, reflète ma personnalité, avec ses qualités comme ses défauts.

1 Pour apprendre, il faut savoir échouer

Tout apprentissage consiste à essayer, se confronter et tirer profit de ses erreurs. Quand j'ai appris à faire du vélo, je n'ai pas réussi du premier coup. La recherche a montré qu'avant de savoir marcher, un enfant tombe en moyenne 2000 fois. Mais s'il refusait de tomber, il n'arriverait finalement jamais à se tenir sur ses deux jambes !

C'est exactement la même chose pour la prise de parole. Je peux avoir des difficultés, mais cela ne doit pas m'empêcher de *prendre* la parole, de saisir toute opportunité de m'exprimer devant les autres. Par exemple, les plus timides et introvertis d'entre nous ont souvent une très fine sensibilité et un sens aigu de l'observation. Ils s'expriment avec réserve, mais leur parole est fréquemment pertinente car réfléchie. L'enjeu est donc d'identifier mes points forts ; nous en avons tous, il faut juste les mettre en évidence et prendre appui dessus (→ exercice 1, p. 103).

LE SAVIEZ-VOUS ?

▲ *Winston Churchill.*

Winston Churchill (1874-1965), charismatique Premier ministre du Royaume-Uni, notamment pendant la Seconde Guerre mondiale, zézayait. Lui aussi a travaillé pour surmonter ses défauts et il est devenu l'un des orateurs les plus célèbres du XXe siècle.

« Il faut faire de ses défauts des vertus », disait le grand acteur Louis Jouvet, qui souffrait lui-même de bégaiement. Il dépend de nous d'être bienveillants en classe, et de construire le climat de confiance pour nous entraîner et nous entraider les uns les autres.

2 Me mettre une pression trop forte est contre-productif

Si mon exigence par rapport au Grand Oral est trop grande, je risque de ressentir, le jour J, les symptômes parasites du stress (→ p. 86) qui vont affecter ma relation au jury. Il s'agit de trouver la juste pression en ne me fixant pas de buts irréalisables. En vue de l'examen, je me définis donc des objectifs progressifs, étape par étape :

- À chaque situation de prise de parole, même quotidienne (entre amis, à table...), je me concentre sur un aspect de l'oralité que je souhaite travailler (adopter la bonne posture, adresser mon regard, laisser suffisamment de silences, parler moins vite...). Je m'auto-évalue après ma prestation ou je peux même demander un retour aux personnes qui m'ont écouté(e).
- Je me fixe un objectif de plus long terme. Par exemple, jusqu'à l'oral du Bac, je travaille régulièrement ma respiration pour mieux réguler mon stress le jour J (→ p. 88). À l'examen, je peux avoir la sensation de ne pas avoir réussi, mais le jury pourra avoir une impression différente : j'apprends à relativiser mon jugement et j'évite de me dévaloriser. Apprendre de chaque opportunité est le processus que suivent tous les grands sportifs !
- J'affine mon sens critique et mon sens de l'observation en écoutant les autres parler (→ exercice 2, p. 103).

Si j'effectue ce travail, en amont de l'examen, le plus régulièrement possible et avec discipline, il portera ses fruits le jour de mon oral.

CITATION

« L'imperfection est la cime. »
Victor Hugo, écrivain français.

LES CLÉS POUR RÉUSSIR

3 La beauté de l'oral est qu'il est par nature imparfait

Le jour J, l'enjeu n'est pas de délivrer une partition parfaite. Lors d'un spectacle, si le chanteur se trompe, il peut saisir l'occasion pour faire un aparté, partager ce moment avec le public. La partition s'écrit aussi avec l'auditoire ! La qualité de l'interaction sera tout autant prise en compte que mes qualités oratoires pures dans l'évaluation de l'épreuve. Ma disponibilité et ma réactivité sont donc fondamentales, tout autant que la maîtrise de mon sujet.

Attention donc à l'apprentissage *par cœur* de ma présentation le jour de l'examen. Il vaut bien mieux que je prenne quelques secondes de pause afin de chercher la meilleure façon d'exprimer ma pensée plutôt que de réciter un discours intégralement écrit, sans vie ni respiration.

JE RETIENS

- J'accepte la part d'incertitude constitutive de toute prestation orale et je ne me mets pas de pression excessive pour l'examen.
- Je prends conscience de mes difficultés et de mes erreurs et je m'en sers comme base de travail et de progression, toujours avec bienveillance.

JE M'ENTRAÎNE

Exercice 1 J'identifie mes points forts

5 min

Après m'être exercé(e) sur ma présentation initiale pour le Grand Oral, en présence d'un(e) camarade de classe :

1. Je note ce qui, d'après moi, constitue mes points forts à l'oral : une franchise dans la façon de m'exprimer, un regard lumineux, une présence qui invite à écouter, un timbre de voix agréable, la qualité de mon propos…

2. J'évalue ensuite ce qui a moins bien fonctionné.

3. Je sollicite le retour de mon (ma) camarade (bienveillant et constructif) sur mes points forts et mes points de progression. Je vois si ses commentaires correspondent aux miens. Je ne prends pas non plus toute remarque comme une vérité. Le ressenti de chacun(e) demeure personnel, à un moment donné. Il est donc subjectif !

Exercice 2 J'analyse les points forts chez les autres

5 min

On apprend autant en observant les autres qu'en pratiquant soi-même ! Cette fois-ci, c'est au tour de ma (mon) camarade d'effectuer sa présentation du Grand Oral.

1. Je lui fais un retour honnête sur ses points forts et ce qui peut être amélioré.

2. J'en profite pour aiguiser mon regard critique : quels sont ses atouts ? La prochaine fois que je prends la parole, je m'amuse à l'imiter en m'imprégnant de ses points forts. L'imitation est une très bonne manière de sortir de sa zone de confort et donc d'apprendre !

JE M'AUTO-ÉVALUE

Je tire un enseignement de chaque entraînement

- Dès que je m'entraîne pour le Grand Oral, je note dans mon carnet de bord (→ p. 104) ce qui a bien fonctionné et ce qui, d'après moi, fonctionne moins bien.
- Je m'oblige à identifier au moins deux aspects positifs et deux points de progression pour chaque situation que j'évalue.
- Je mets ainsi à distance mes erreurs et mes difficultés.

5 JE FAIS DU TEMPS UN ALLIÉ

« Vingt fois sur le métier, remettez votre ouvrage ! »
Nicolas Boileau, écrivain français

Pourquoi la gestion du temps est-elle essentielle pour préparer le Grand Oral ?

La gestion du temps est une des clés pour préparer le Grand Oral. Au lieu d'être pris(e) par le temps en préparant l'épreuve au dernier moment et de perdre mes moyens le jour J, j'ai intérêt à m'organiser en m'entraînant progressivement.

1 J'utilise un carnet de bord pendant l'année pour travailler mes questions (→ p. 50)

Tout ne vient pas d'un coup. À force de se focaliser sur un sujet, on finit par perdre de vue l'essentiel, voire par ne plus rien voir du tout. Il est bon de prendre un peu de distance. J'ai donc intérêt à laisser reposer mes deux questions pour le Grand Oral tout en restant en veille. C'est ce qu'on appelle « le lâcher-prise ».

Matériellement, rien de mieux et de plus simple qu'un carnet de bord (sur mon smartphone, mon ordinateur, ou un cahier…) pour ce travail au long cours. Cela ne demande pas beaucoup d'efforts, mais c'est très efficace. **Chaque jour ou chaque semaine, j'y note les idées qui me passent par la tête, les connaissances que j'ai recueillies, les nouvelles questions que je me pose.**

Lire des articles ou des livres, naviguer sur le Web peut m'aider à établir de nouvelles connexions.

▲ *Salvador Dalí.*

LE COIN CULTURE
Les vertus de la pause-flash

Grand artiste du XXe siècle, Salvador Dalí (1904-1989) disait que, lorsqu'il avait un problème, il y réfléchissait au moment du café, après le déjeuner. Il reposait ensuite sa tasse mais gardait la petite cuillère dans la main. Il s'endormait dans son fauteuil pour une pause-flash de quelques secondes ou minutes. À un moment, les muscles de sa main se relâchaient, la cuillère tombait sur le carrelage et le tirait du sommeil. Il disait que, lorsqu'il se réveillait, il avait trouvé la solution !

Discuter de mes deux questions du Grand Oral avec d'autres, proches ou moins proches, aussi. Et pourquoi pas avec des enfants ? La fraîcheur de leur regard peut m'être très utile. Ils vont m'aider à penser à des aspects que je n'avais pas vus. Je peux encore faire confiance au sommeil : mon cerveau continue de trier et de travailler pendant que je dors ! Ce serait dommage de m'en priver !

2 Je me prépare physiquement un peu tous les jours

Un enjeu du Grand Oral est d'effectuer sa présentation initiale debout devant le jury. Cet exercice est plus facile qu'il n'y paraît, à condition de m'entraîner un peu tous les jours pour me préparer physiquement et pour gérer mon stress (→ p. 85). Cet entraînement me donnera la compétence fondamentale pour parler en public. Je peux choisir un moment précis de la journée, le soir avant de me coucher, le matin quand je me lève, sur le chemin du lycée…
Une partie essentielle des entraînements consiste à acquérir les bons réflexes sur lesquels s'appuyer, y compris en situation de stress le jour J. C'est ce que font tous les grands sportifs et les artistes de scène. **Le secret : le corps apprend lentement mais sûrement.** Il vaut mieux s'entraîner quelques minutes chaque jour qu'enchaîner plusieurs heures d'affilée. Comme pour apprendre à conduire une voiture ou jouer d'un instrument de musique, ce qui compte, c'est le nombre de répétitions !

JE RETIENS

- Rien ne sert de courir, il faut partir à point. J'ai intérêt à débuter ma préparation sur le Grand Oral plusieurs mois à l'avance, à petites doses.
- Un carnet de bord m'aidera à nourrir mes contenus.
- Un entraînement physique régulier me permettra de rendre réflexes les bonnes attitudes pour l'oral, y compris lorsque j'aurai le trac.

LES CLÉS POUR RÉUSSIR

6 Je dépasse les réflexes d'auto-protection

« Pour réussir un oral, il faut aller vers l'autre. »

Comment veiller à une bonne qualité d'interaction avec le jury ?

Alors que la situation d'oral peut générer un réflexe de repli sur soi, il faut que je fasse l'effort d'aller vers mon jury. Pour surmonter cette difficulté éventuelle, la solution, c'est l'entraînement.

1 Éviter le « réflexe du doudou » !

Très souvent, une personne qui parle a des réflexes d'autoprotection qui se manifestent par des tics corporels : on se tient les mains, on croise les bras, on met les mains en protection sur le ventre, on se frotte nerveusement les cuisses, on met les mains dans ses poches. On appelle cela « le syndrome du doudou ». Lorsque nous étions bébés, on nous a progressivement séparés de nos parents. Pour faciliter cette transition – ô combien douloureuse ! –, on nous a donné un doudou, nommé aussi par les psychologues « relais transactionnel affectif ». Ce doudou, le bébé le touche, le manipule, en sent l'odeur, pour se rappeler ses parents et supporter la séparation. Plus tard, lorsqu'on se sent en insécurité, comme lors d'une prise de parole, on reproduit ce réflexe en donnant à son corps le rôle d'un doudou.

LE SAVIEZ-VOUS ?

Lorsque j'accomplis un geste, mon action stimule des neurones dans le cerveau de mon auditeur comme s'il l'accomplissait lui-même. Cela grâce à l'action des neurones miroirs très récemment mis en évidence par les scientifiques, d'abord chez le singe macaque en 1990, puis chez l'homme en 2010. Si je me mets en autoprotection, l'auditeur (c'est-à-dire aussi le jury…) risque inconsciemment d'adopter une posture de repli.

Les réflexes d'autoprotection sont humains, mais ils fonctionnent comme une fermeture. On se replie dans sa forteresse, on fait le hérisson alors que l'art de la parole est un art de l'ouverture et du don.

2 Je développe ma propre gestuelle

Pour combattre le « réflexe du doudou », je développe ma propre gestuelle. Très peu de temps suffit pour y parvenir, et c'est très efficace. Je dois commencer par m'entraîner sur la position des doigts de façon que mon geste soit précis et fini (→ exercice 1, ci-dessous). Je dois aussi veiller, comme en sport ou lors d'une représentation artistique, à m'engager pleinement dans l'action oratoire, avec tout mon corps, des pieds jusqu'à la racine des cheveux (→ exercice 2, p. 108).

JE RETIENS

- **Lorsque je parle en public, je dois dépasser les réflexes d'autoprotection par une posture ouverte.**
- **Je m'engage physiquement et je développe ma gestuelle. Cela m'aide à mieux m'exprimer et cela permet à mon jury de mieux recevoir ce que je dis.**

JE M'ENTRAÎNE

Exercice 1 **Je trouve la bonne position des doigts** — 1 min

1. Je cherche la position des doigts qui me convient le mieux. C'est cette position que j'aurai ainsi plus de facilité à utiliser le jour de l'oral. Les photos ci-contre en proposent certaines qui sont connues des orateurs depuis l'Antiquité, mais l'intérêt est de créer les miennes. Je peux aussi m'inspirer des jeux de mains des personnalités publiques que je trouve bonnes à l'oral.

2. Pour aller plus loin, je veille à ce que le mouvement de mon bras et de ma main vienne d'un engagement profond de mon corps et pas seulement de l'épaule.

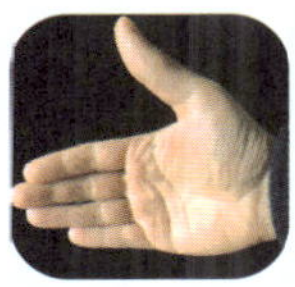

La paume ouverte

L'énumération

Les doigts ensemble

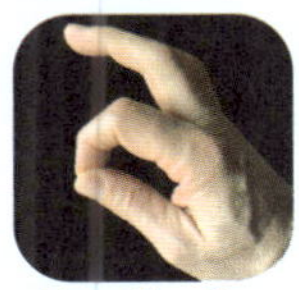

L'explication

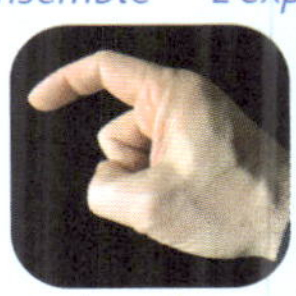

Le sabre

Exercice 2 J'implique tout mon corps dans mon geste

1 min

CONSEIL

Il faut éviter de bouger le bras tout seul, comme s'il était séparé du reste du corps. Cela crée des tensions inutiles. La coordination corporelle est essentielle. Tout mon corps est impliqué : le mouvement de la main provient du mouvement du bras qui lui-même provient d'un engagement presque imperceptible venant du reste du corps.

1. J'imagine que tout mon corps est comme une main ou une fleur qui s'ouvre.

2. Je me recroqueville, puis j'ouvre complètement mon corps jusqu'à la main.

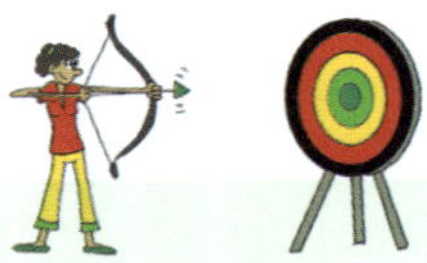

JE M'AUTO-ÉVALUE

1. Je m'exprime pendant 1 minute en me filmant :

- soit sur un sujet au choix ;
- soit en répondant à la question « Pourquoi ai-je choisi ce sujet pour le Grand Oral ? » Cela correspond au début de ma présentation devant le jury (→ p. 19).

2. Je visionne ma prestation :

- Ai-je une attitude corporelle ouverte et bien ancrée dans le sol (→ p. 119) ?
- Est-ce que je parviens bien à engager l'ensemble de mon corps et à appuyer mon propos par une gestuelle consciente qui se termine dans une position des doigts précise ?

7

JE ME DONNE SANS AVOIR PEUR D'ÊTRE JUGÉ(E)

« Pour réussir son oral, il faut construire son propos et s'assumer. »

Pourquoi la peur est-elle mauvaise conseillère le jour J ?

La peur entraîne des tensions inutiles, accroît inutilement mon stress et génère un imaginaire toxique.

1 Le Grand Oral, un moment pour moi

Le Grand Oral, c'est d'abord un moment pour moi. C'est la fin du lycée et le début d'un nouveau chapitre. Mes deux sujets, j'ai à les choisir par rapport à mes souhaits d'orientation. **Le jury est donc là pour entendre mon propos et mon cheminement personnel. Il me donne du temps.** Ma présentation comme l'échange qui suit servent à m'emmener plus loin, à préciser et à approfondir.

Parler en public, c'est se donner. Lorsque je donne, je donne vraiment. Si je reste dans mes peurs, c'est comme si je faisais un cadeau à quelqu'un et qu'au moment de le lui donner, j'hésitais pour finalement ne pas l'offrir. Le jour du Grand Oral, je laisse mes peurs au vestiaire et j'y vais (→ exercice 1, p. 111).

Parler en public, voilà la compétence validée par le Grand Oral. C'est comme savoir nager 50 mètres ou faire du vélo. Une fois que je sais le faire, c'est pour la vie. Alors autant en profiter !

2 Le Grand Oral, un moment d'échange

Pour toutes ces raisons, avoir peur du regard et du jugement de l'autre n'est pas la bonne posture. Elle est même contre-indiquée car elle va aller contre ma performance. Un bon oral est un oral où il se passe quelque chose du côté du candidat comme du jury : c'est une bonne conversation. Elle ne peut se faire dans la peur. C'est pourquoi le Grand Oral est dit aussi « oral de maturité » ; mon rôle est de partir de moi, de donner le meilleur de moi-même et de rendre mon propos le plus clair, le plus pertinent et le plus convaincant possible. Il faut montrer mes qualités d'écoute. **Je me donne sans peur du jugement de l'autre et sans me juger** (→ exercices 2 et 3, p. 111) !

CITATION

« Ce n'est pas parce que les choses sont difficiles que nous n'osons pas, c'est parce que nous n'osons pas qu'elles sont difficiles. »

Sénèque, philosophe et homme d'État romain.

JE RETIENS

- La peur, bien compréhensible, est mauvaise conseillère. Je dois vivre la perspective du Grand Oral de façon positive.
- En le préparant, j'acquiers une compétence fondamentale pour la vie entière : parler en public !

JE M'ENTRAÎNE

Exercice 1 Je parle de ce que j'aime

1. Je parle à des proches d'un sujet qui m'est familier et qui me tient à cœur.

2. Je fais le bilan :
- Comment est-ce que je me tenais ?
- Comment est-ce que je respirais ?
- Comment est-ce que je regardais les autres ?
- Étais-je impliqué(e) dans ce que je disais ?

3. Je construis ainsi plusieurs expériences de prise de parole heureuses que je mémorise.

4. Je transpose ensuite ma posture et ma façon d'être avec mes interlocuteurs dans ces prises de parole réussies, avec la même énergie, pour parler sur des sujets qui me sont moins personnels, d'abord à des proches, puis à des interlocuteurs qui me sont familiers et qui joueront le rôle de jury.

Exercice 2 Je défends un point de vue minoritaire

1. Je choisis une opinion minoritaire sur un sujet de société et je la défends devant des camarades pour m'entraîner à résister à la pression du regard des autres.

2. Combien de temps est-ce que je tiens ?

Exercice 3 Je fais preuve de diplomatie

1. Je représente les intérêts de la classe et je vais défendre une demande collective auprès d'un enseignant.
2. Est-ce que je sais le faire en souriant, avec politesse du début à la fin, mais sans lâcher sur l'essentiel ?

JE M'AUTO-ÉVALUE

Je saisis une occasion de prendre la parole en classe

J'y vais, je ne me juge pas, j'exprime ce que j'ai à dire en laissant mes peurs dans une petite boîte noire. Pour m'aider, je peux prendre un(e) camarade à témoin et le (la) mettre au courant à l'avance de cet entraînement.

Je me prépare physiquement

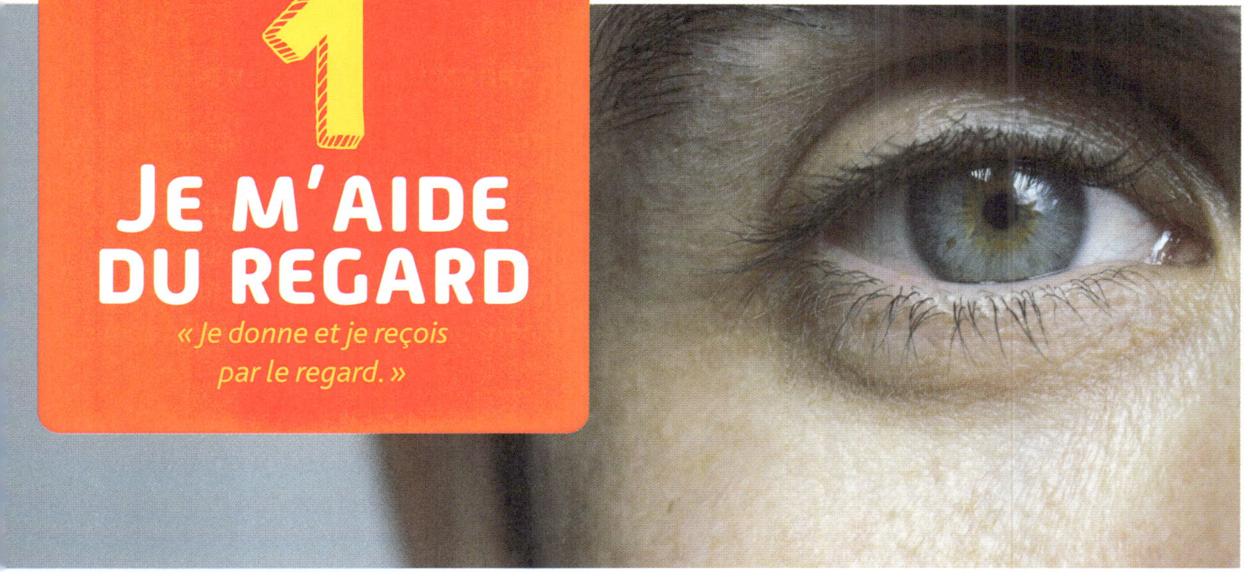

1 JE M'AIDE DU REGARD

« Je donne et je reçois par le regard. »

Pourquoi le regard est-il si important ?

Bien utilisé, il sert à trouver un appui en moi et à mieux surmonter ma peur.

Il me permet d'être en relation simple et directe avec l'auditoire lors de mes entraînements, puis avec le jury le jour J.

1 Trouver un appui en moi par le regard

A Le regard fuyant, cause de déséquilibre

Parler en public fait peur. Par peur et par timidité, je n'ose pas affronter le regard des autres, je baisse les yeux. De même, lorsque je cherche mes mots, mon regard a tendance à les chercher en même temps au sol et au plafond. À chaque fois, ce regard fuyant crée mon propre déséquilibre. Je dois me libérer de ces habitudes.

Contrairement à une idée reçue, regarder l'auditoire ou le jury me permet en effet de trouver un appui en moi. Je dois m'y exercer avant le jour de l'épreuve.

B Le regard me permet d'éprouver la sensation d'équilibre

Le regard est relié à l'oreille interne qui me permet de ressentir l'équilibre. À une seule condition : il doit être dirigé vers un point fixe (→ exercice 1, p. 117). Si je le laisse flotter ou tomber vers le sol, s'échapper vers les murs ou le plafond, c'est presque comme si j'avais les yeux fermés et j'éprouve alors du déséquilibre. Il ne faut surtout pas « balayer » la salle du regard. Je dois par conséquent le diriger vers un point fixe, puis vers un autre et ainsi de suite pour qu'il trouve des points d'appui et qu'il renforce ma sensation d'équilibre.

Quels sont les points fixes intéressants le jour du Grand Oral ? **Ce sont les yeux des deux membres du jury.** Je les regarde de façon tranquille, ce qui me permet de rester en contact avec eux (→ exercice 2, p. 118). Je donne en recevant leur regard en retour.

C Le regard soutient ma présence

Par les yeux, j'exprime ce que je ressens. Quand je suis motivé(e) par ce que je dis, mes yeux s'allument et mon interlocuteur reçoit mieux ce que j'ai à dire. Un exemple ? Jouez à dire « Je t'aime » en vous adressant au plafond. Imaginez la même expérience si vous regardiez la personne à qui vous souhaiteriez le dire. Quelle différence pourriez-vous constater ?

LE SAVIEZ-VOUS ?

Dans l'Antiquité grecque, le mot signifiant « charisme » désignait l'éclat du regard.

D Le regard soutient ma voix

Si je regarde vers le sol, ma voix baisse en intensité mécaniquement. Si je regarde quelques mètres droit devant moi, ma voix gagne immédiatement en force.

E Le regard m'aide à mieux formuler ce que j'ai à dire

C'est ce que montrent de nombreuses expériences destinées à mieux comprendre le fonctionnement du cerveau. Si j'adresse mon regard, les mots viennent plus facilement. Si mon regard tombe ou flotte, j'ai tendance à bégayer.

F L'œil écoute

Par le regard, j'observe mon auditoire et j'enregistre ses réactions au moment où je parle. Je reçois ainsi une mine d'informations.

2 Être en relation simple et directe avec mon auditoire

Le regard me permet d'être en relation simple et directe avec le jury le jour J. Lorsque je regarde une personne en face pendant que je lui parle, elle se sent considérée. Si mon regard est positif, mon interlocuteur le reçoit comme un signe positif.

Lorsque j'énonce une idée importante, je peux rester 2 à 3 secondes en silence à regarder mon interlocuteur après avoir prononcé ma phrase. Cela met en valeur mon propos. J'accompagne ce que je dis dans le cerveau de l'autre.

Je dois enfin me servir du regard pour donner du rythme à mon propos. Le jour J, je regarde alternativement l'un et l'autre membre du jury (→ exercice 3, p. 118). Au contraire, si je regarde constamment le même interlocuteur, cela devient rapidement monotone et l'autre membre du jury peut se sentir exclu de l'entretien.

JE RETIENS

- Le jour du Grand Oral, je regarde les membres du jury dans les yeux.
- J'alterne en regardant un membre du jury, puis l'autre.

JE M'ENTRAÎNE

Exercice 1 Je trouve l'équilibre par le regard

1 min

1. Je ferme les yeux, je lève une jambe vers l'arrière à 90° comme si j'imitais un flamant rose. Qu'est-ce que je ressens ?

2. Cette fois-ci, j'ouvre les yeux et je fixe un point devant moi. À nouveau, je lève une jambe vers l'arrière à 90°. Quelle est la différence ?

Exercice 2 Ma gymnastique du regard

3 min

CONSEIL

Avant de parler, je me prépare en 30 secondes pour m'obliger à m'adapter à n'importe quelle situation.

1. Je choisis un sujet simple. Par exemple : un moment de la journée (mon trajet pour aller au lycée, mon repas au self), ma chanson préférée, un livre qui a changé ma vie, une série, un film que j'ai adoré...

2. Je parle pendant 1 minute sur ce sujet en fixant trois points successifs au mur devant moi. Je ne dois pas regarder ailleurs.

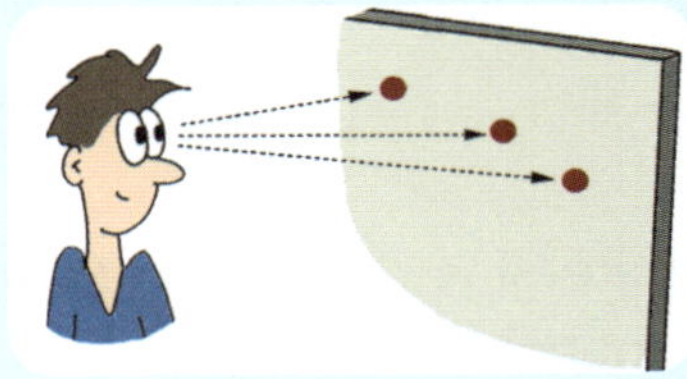

3. Je réalise ensuite le même exercice pendant 2 minutes.

4. Je réalise le même exercice, mais sans fixer de points au mur. Je compare avec les étapes précédentes.

→ **Je constate que je trouve plus facilement mes mots lorsque je fixe des points au mur.**

Exercice 3 Je ponctue avec mon regard

5 min

Je reprends l'exercice précédent avec des camarades qui jouent le rôle du jury. Je module les changements de regard en fonction de ce que je dis. Le regard devient une nouvelle ponctuation de mon propos.

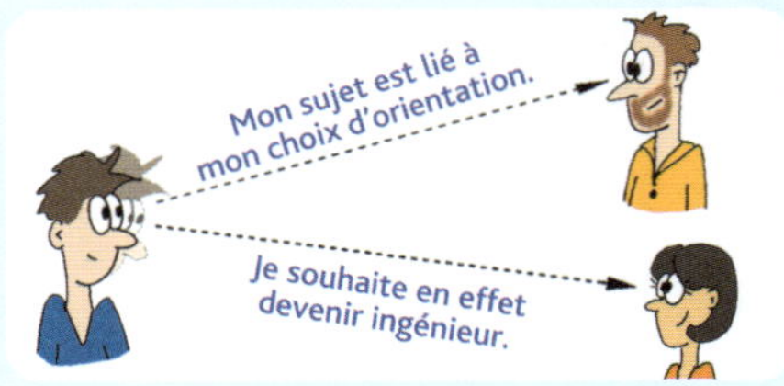

JE M'AUTO-ÉVALUE

Je cadre mon regard

Après quelques essais, je me filme avec mon smartphone pendant l'exercice 2 en veillant à bien cadrer mon regard. Je visionne ensuite le film et vérifie que mon regard ne dévie pas des points fixes.

2

JE M'ANCRE DANS LE SOL

« Je me concentre sur mes appuis au sol avant de commencer à parler et lorsque je me sens déstabilisé(e). »

Pourquoi parler debout ?

C'est la posture idéale pour parler en public. Une fois qu'elle est maîtrisée, je peux m'adapter à toutes les situations d'oral.

La sensation d'ancrage me donne le repère de départ pour parler debout et bien gérer le trac.

1 Parler debout, une compétence fondamentale

Lors de la première partie de l'épreuve (présentation d'une question), le candidat est invité à effectuer sa présentation debout. C'est une compétence fondamentale de l'épreuve. Pour les deuxième et troisième parties (échange avec le jury), il peut choisir de rester debout ou de s'asseoir.

A Pourquoi est-il demandé d'effectuer la présentation debout ?

Deux raisons expliquent cette exigence :

- **Première raison** : se tenir debout est **la posture idéale pour parler**. Il est plus commode de chanter debout qu'assis. Il en est de même pour effectuer une présentation orale. Au début, c'est parfois intimidant, mais après un minimum d'entraînement, c'est plus facile. Être debout permet en effet d'être plus tonique et disponible, cela facilite une bonne respiration et l'interaction avec l'auditoire.
- **Deuxième raison :** être capable de parler debout en se libérant de ses notes valide **une compétence fondamentale** attendue le jour de l'épreuve. Une fois qu'on sait le faire, c'est pour la vie. C'est aussi utile que de savoir nager sans bouée.

Si une situation de handicap m'empêche de parler debout, je transpose autant que possible dans la posture assise la tonicité et la disponibilité de la posture debout. Que je parle debout ou assis(e), c'est l'écoute de mon corps et de mes sensations et l'envie de communiquer qui me permettent de trouver la posture optimale (→ p. 125).

B Pourquoi est-il recommandé de m'entraîner sans support ?

M'entraîner sans support permet de vérifier que mon exposé tient tout seul. Si mon propos est solide, les liens logiques suffisent à sa progression. S'il est bien construit, il se mémorise plus facilement.

S'exercer sans support fonctionne comme une contrainte et m'aide à aller à l'essentiel. Je peux souvent utiliser mes mains pour illustrer ce qu'un schéma ou une carte viendront ultérieurement préciser utilement.

Par la suite, pendant mes études supérieures ou ma vie professionnelle, je pourrai d'autant mieux utiliser un support que je saurai le faire sans en être prisonnier(ère) car j'aurai appris à regarder et écouter mon auditoire.

Je garde à l'esprit que je ne dois pas lire mon support, car je dois adresser mon propos à l'auditoire en le regardant quasi constamment.

2 La sensation d'ancrage, un repère essentiel

A Notre deuxième point d'appui

L'ancrage dans le sol est notre deuxième point d'appui, après le regard (→ p. 115). **Parler sur ses deux pieds !** Cela paraît évident et pourtant ce n'est pas si simple.

▲ Antonio del Pollaiolo, Hercule soulevant Antée.

LE SAVIEZ-VOUS ?

Dans la mythologie, Antée, fils de Gaïa, la Terre, sévit dans le désert où il tue les voyageurs. Alors qu'Hercule l'affronte et perd du terrain face à lui, il se rappelle un conseil : « Souviens-toi qu'Antée tire sa force de sa mère (la Terre) ». Hercule soulève alors Antée du sol et l'étouffe.

Ne m'est-il jamais arrivé de marcher en parlant sans même m'en rendre compte, à cause du trac par exemple ? Ou de me balancer d'un pied sur l'autre parce que je suis nerveux(se) ? Ou de prendre appui sur une jambe seulement ? Ces mouvements non maîtrisés parasitent mon propos.

Pour parler, je suis debout, avec le poids du corps à 50 % sur chacun des deux pieds, les pieds parallèles et espacés d'environ la largeur du bassin. J'éprouve ma stabilité. J'approfondis la sensation en poussant depuis mes jambes vers le sol, les genoux légèrement fléchis, comme si je m'enracinais. C'est cela, la sensation d'ancrage (→ exercices 1, 2, 3 p. 122-123).

B Et pendant l'épreuve ?

1 Dois-je tout le temps ressentir la sensation d'ancrage ?

Non, il ne s'agit que d'un repère. Les chanteurs utilisent un diapason qui leur donne la note *la* avant de chanter. Ils ne vont pas chanter uniquement des *la*. La posture debout avec la sensation d'ancrage est le *la* de celui qui va parler. C'est très utile de se concentrer sur cette position et cette sensation quelques secondes avant de parler mais aussi pendant l'oral si l'on se sent déstabilisé(e). Cela permet de retrouver ses forces.

2 Ai-je le droit de marcher pendant mon oral ?

Oui, à condition que ce soit volontaire et que cela apporte quelque chose au propos, un changement de dynamique, un rapport différent à l'auditoire (→ Je m'auto-évalue, p. 124). Marcher pendant un silence peut ainsi donner une respiration à ma parole. Mais attention, il est déconseillé de parler et de marcher en même temps sinon une partie de l'attention de mon auditoire est captée par la marche et non par ce que je dis.

3 La posture à adopter lors de l'échange avec le jury

Lors des deuxième et troisième parties de l'épreuve (échange avec le jury), ai-je intérêt à parler debout ou assis(e) ?

L'essentiel est d'avoir su parler debout pendant la première partie. Pour la suite, chacun est libre de choisir et cela n'a pas d'incidence sur la note. Il faut faire ce que l'on préfère. Une fois que je sais parler debout, j'ai les repères pour parler derrière une table, un pupitre ou assis(e).

Attention cependant, **parler assis(e) est faussement rassurant** : on croit se protéger. Mais je suis moins dynamique ; je risque de m'avachir, parce qu'une chaise, c'est fait aussi pour se reposer, relâcher ses muscles et se laisser aller.

Chaque fois que je le peux, j'ai intérêt à parler debout. Il est cependant intéressant de pouvoir assumer les deux et, si je suis dans l'impossibilité de parler debout, de trouver mes propres points d'appui. **Au chapitre suivant, se trouvent des conseils pour la posture assise** (→ p. 126).

JE RETIENS

- **Une fois que je sais parler debout et sans notes pendant 5 minutes, j'ai acquis la maîtrise fondamentale pour parler en public.**
- **Je dois trouver les points d'appui en moi : la sensation d'ancrage, à 50 % sur chaque pied, est aussi simple qu'incontournable.**

JE M'ENTRAÎNE

Exercice 1 Je cherche la bonne distance entre les pieds — 1 min

1. Pieds nus et parallèles, je ressens le sol sous mes pieds. Je suis attentif(ve) aux sensations qu'il procure. Je ferme les yeux : qu'est-ce que je perçois ? le froid du carrelage ? la moquette où l'on s'enfonce ? un plancher à température ambiante ?

2. Je cherche la bonne distance entre les pieds pour être le plus stable possible. J'expérimente plusieurs positions :

- Pieds serrés l'un contre l'autre.
- Quand mes pieds sont espacés d'environ la largeur du bassin.
- Si j'écarte mes pieds d'environ 1 mètre.

→ **Habituellement, la position qui donne le plus de stabilité correspond aux pieds espacés de la largeur du bassin.**

Exercice 2 Je m'enracine

3 min

1. J'ai les pieds parallèles, espacés d'environ la largeur du bassin. Je pousse les jambes dans le sol comme pour m'y enfoncer. J'éprouve une sensation d'enracinement.

2. J'éprouve l'ancrage tout en reliant cette sensation avec celle de ma verticalité.

CONSEIL

Pendant tout l'exercice, je veille à garder les jambes et le tronc dans un même axe, sans me cambrer.

3. Je ferme les yeux et je me balance légèrement en faisant passer le poids du corps vers l'avant ou vers l'arrière à la limite du déséquilibre, sans décoller les pieds du sol.

4. Je m'arrête au moment où je me sens le mieux : j'ouvre les yeux en fixant un point. Je respire.

5. Je répète l'entraînement trois fois en essayant chaque fois d'être à l'écoute de sensations nouvelles et plus fines.

Exercice 3 Suis-je vraiment stable ?

À deux 5 min

Je suis debout, les pieds parallèles, espacés d'environ la largeur du bassin. Est-ce que je parviens à résister à la pression sans que mes pieds bougent d'un centimètre dans chacun des cas suivants :

1. Si mon (ma) partenaire me pousse légèrement mais en continu, au niveau des omoplates.

2. Si mon (ma) partenaire me pousse en continu mais de plus en plus fort au niveau des omoplates.

3. Si mon (ma) partenaire me pousse sans prévenir, toujours au niveau des omoplates (en veillant bien sûr à ne pas me faire mal).

4. Si mon (ma) partenaire exerce les pressions un peu au-dessus du niveau du bassin, sur le côté.

PRÉPARATION PHYSIQUE

JE M'AUTO-ÉVALUE

Je m'entraîne à parler debout

1. Je me filme en parlant avec mon smartphone : suis-je capable de garder les jambes et les pieds fixes du début à la fin de mon intervention orale ? Je dois veiller à ne pas me balancer et à ne pas marcher.

2. Je renouvelle l'exercice. Cette fois-ci, je m'autorise à marcher mais sans parler en même temps. J'alterne ainsi :

- **les moments de parole debout**, les pieds immobiles en éprouvant la sensation d'ancrage, le regard sur des points fixes ;
- **les moments de silence entre deux phrases**, pendant lesquels je peux me déplacer.

3 JE TROUVE LA BONNE POSTURE

« Je dois m'engager physiquement autant qu'un sportif en action. »

▲ *Michelle Obama, le 5 mai 2014, à l'inauguration de l'institut du costume Anna Winter, à New York.*

VIDÉO
La bonne posture pour l'oral

Comment vérifier mes appuis et développer la qualité de ma présence ?

Comme pour chanter, danser ou faire du sport, je mobilise mon corps entier, des pieds à la tête. Je reste à l'écoute, en état d'ouverture, attentif(ve) à tout ce qui se passe. Si je m'assieds pour parler, je m'engage physiquement comme lorsque je suis debout.

1 Mobiliser mon corps entier

A Parler en public : une activité physique

Je dois me préparer physiquement à la prise de parole lors du Grand Oral, comme pour un sport. Cela implique d'être capable d'observer dans quelle posture je me tiens (→ exercice 1, p. 127). Cela peut nécessiter quelques secondes ou quelques minutes, en fonction du temps dont je dispose, mais c'est indispensable. Une fois que je ressens bien les appuis en moi, sur mes jambes, avec un regard sur des points fixes, les mots pour m'exprimer viennent plus facilement et ont plus de force. En cela, la compétence orale est différente de l'expression écrite. **Je dois incarner mon propos et l'adresser.**

B S'inspirer de sa pratique sportive

Pas besoin de « réinventer la roue ». **Je dois partir de ma pratique sportive ou artistique** (chant, théâtre) et la transposer pour parler le jour du Grand Oral. Quand je joue au tennis, au foot, ou si je pratique les arts martiaux, je commence toujours par prendre conscience de mes appuis, je fais attention à ce qui se passe autour de moi et aux autres. Je ne lance pas un ballon au hasard, je l'adresse à un(e) partenaire. Il en va de même de la parole que j'adresse à un interlocuteur, à un public, ou au jury le jour J (→ exercice 2, p. 127).

2 Rester à l'écoute

La peur de parler en public entraîne souvent des réflexes de crispation et d'autoprotection (→ p. 106). La maîtrise de l'oral consiste à dépasser ce mouvement défensif et à rester ouvert(e) et réceptif(ve) à l'auditoire et au jury. Cela se traduit par ma posture qui va renforcer la qualité de ma présence le jour J et rendre mon propos plus convaincant. **C'est en regardant mon interlocuteur et en étant attentif(ve) à lui** (→ p. 115) **que j'accrois ma sensation d'équilibre.**

3 Parler assis(e)

Parler assis(e) est plus difficile que de parler debout. On peut néanmoins choisir de parler assis(e) lors de la partie entretien de l'examen, après la présentation initiale. Certains d'entre nous, en raison d'une situation de handicap, n'ont pas ce choix.

Si je m'assieds pour parler, je m'engage physiquement comme lorsque je suis debout. Il faut que je sois capable de transposer, assis(e) sur une chaise, la dynamique et l'engagement physique de la posture debout. Et surtout d'éviter le piège de m'avachir ! Pour cela, il existe une technique simple :

- Au lieu de m'asseoir dans le fond de la chaise, **je m'installe sur le devant, presque en bordure**, les jambes légèrement écartées, les pieds bien à plat comme si j'étais prêt(e) à me lever d'un seul mouvement.
- Je vérifie que mon buste est mobile, mes jambes détendues, au moins au début **pour mémoriser cette position et la sensation tonique et disponible qu'elle permet**.
- Je peux me tourner d'un côté ou de l'autre, avec une rotation du tronc, le regard adressé, sans effort particulier et sans tension.

JE RETIENS

- Parler en public est une activité physique en premier lieu. Je dois partir des sensations liées à ma pratique sportive.
- La posture assise est plus difficile. Aussi, quand je parle assis(e), je redouble de vigilance pour rester tonique et disponible.

JE M'ENTRAÎNE

Exercice 1 J'observe la façon dont je me tiens — 1 min

Cet exercice n'a pas l'air d'être un entraînement, mais il est pourtant fondamental. Il me permet de mieux connaître ma posture et de réagir le jour J si je me laisse gagner par la peur.

1. J'observe la façon dont je me tiens à différents moments de la journée : dans la queue du self, quand j'attends chez un commerçant, quand je m'apprête à recevoir le ballon…

2. Ai-je conscience de mes appuis sur les deux pieds ? Où est-ce que je dirige mon regard ? Si je déplace le poids du corps d'avant en arrière, est-ce que je sens bien une connexion des pieds à la tête ?

3. J'observe de la même façon comment je me tiens en position assise. Suis-je tonique ou avachi(e) sur ma chaise ? Si je décide de me lever soudainement, mon mouvement est-il fluide et continu ou interrompu et avec le dos courbé ?

Exercice 2 Je passe du sport à la prise de parole — 5 min

1. Je pars de ma pratique sportive ou scénique (chant, théâtre, mime, danse) préférée. J'identifie la posture de base où je suis à la fois tonique et disponible. Par exemple, le tennisman qui se replace avant d'effectuer un coup droit ou un revers ; la footballeuse qui s'apprête à renvoyer le ballon à une partenaire ; le karatéka dans la posture de préparation avant d'entrer sur le tatami.
   - Quels sont mes appuis ?
   - Où est-ce que je situe alors mon centre de gravité ?
   - Comment suis-je attentif(ve) à l'espace autour de moi et aux autres ?

2. Je mobilise cette même sensation avant de parler en public et je réponds aux mêmes questions qu'à l'étape précédente.

PRÉPARATION PHYSIQUE

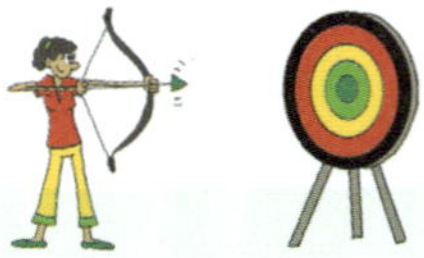

JE M'AUTO-ÉVALUE

Je me prépare avant chaque prise de parole

Une bonne coordination corporelle, des pieds à la tête, associée à l'écoute de ce qui se passe autour de moi est le point commun entre la prise de parole, les arts de la scène et la plupart des sports.

1. Je veille, chaque fois que je dois m'exprimer devant les autres, à me concentrer sur cet état préparatoire qui précède la parole.

2. Après chaque prise de parole, je m'évalue :

- Ai-je bien respecté ce temps de préparation initiale ?
- Ai-je bien retrouvé cet état de disponibilité et de tonicité avant de parler ou me suis-je précipité(e) sans faire attention ?

4 JE PRENDS APPUI SUR MA RESPIRATION

« La respiration est la clé de ma présence à l'oral. »

VIDÉO

La bonne respiration pour l'oral

Pourquoi est-il fondamental de m'appuyer sur la respiration lors de mon oral ?

Ma respiration est pour moi ce que les jambes sont pour un coureur : elle me donne l'appui principal. Elle est mon moteur et me fournit mon énergie.
Elle est mon outil essentiel pour gérer le stress et, bien maîtrisée, elle me permet de soutenir ma voix.

1 Comment fonctionne ma respiration ?

Au quotidien, je ne fais que rarement attention à la façon dont je respire. C'est un processus semi-autonome du corps (à la différence de la digestion par exemple, qui est un processus totalement autonome). Il se déroule en 4 étapes :

- **L'inspiration (quand l'air entre dans mon corps) :** mes poumons ne sont qu'un réservoir. L'air y est aspiré sous l'effet des muscles inspirateurs.
- S'ensuit **une courte apnée** où s'effectuent les échanges oxygène-gaz carbonique.
- **L'expiration (quand l'air sort de mon corps) :** les muscles inspirateurs se détendent, les muscles expirateurs entrent en action et l'air est chassé des poumons.
- **Un second temps d'apnée** termine le cycle avant que celui-ci ne recommence.

2 Les trois types de respiration

On peut identifier trois types de respiration qui servent des objectifs différents (→ exercice 1, p. 133) :

A La respiration haute (→ exercice 1.1, p. 133)

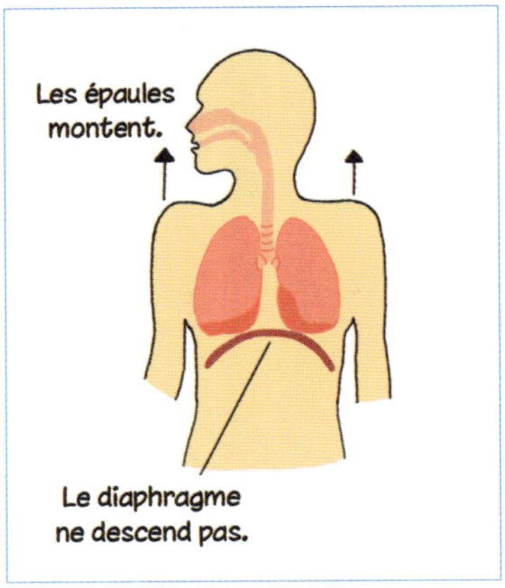

▲ *La respiration haute.*

Si je cours un sprint, j'aurai tendance à être en respiration haute (ou respiration thoracique). Cette respiration, où j'aspire l'air en moi en soulevant mon buste et mes épaules, est adaptée pour l'effort physique intense mais pas pour parler en public ! Je me prive de la moitié de ma capacité respiratoire, et je ne peux pas contrôler mon souffle à l'expiration pour donner l'énergie nécessaire à ma voix. **La respiration haute est à proscrire le jour de l'oral.**

B La respiration basse (→ exercice 1.2, p. 133)

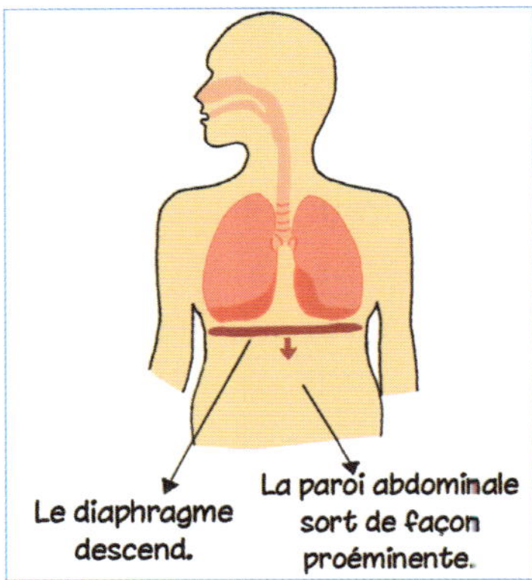

▲ *La respiration basse.*

Pour sortir de l'automatisme de la respiration haute en situation de stress, je peux travailler la respiration basse (ou abdominale) : je gonfle volontairement mon ventre, le diaphragme descend, l'air entre dans mes poumons sans que mes épaules se soulèvent. Très bon pour se relaxer, ce type de respiration ne me permet cependant pas de parler confortablement. C'est une étape de travail nécessaire pour me préparer à l'oral, mais **ça n'est pas une respiration adaptée à la parole, donc au jour de l'épreuve**.

C La respiration costo-diaphragmatique (→ exercice 1.3, p. 133)

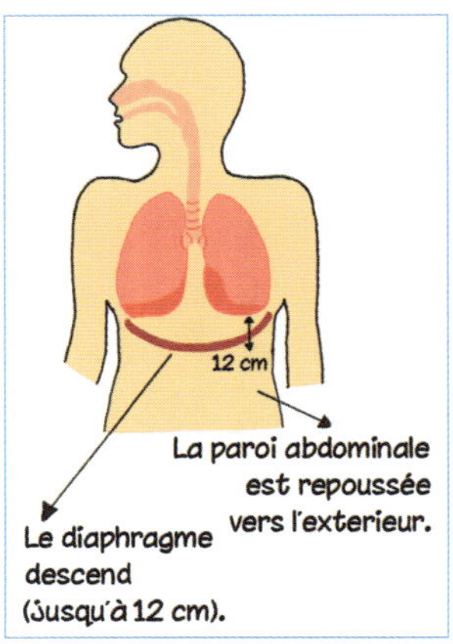

▲ *La respiration costo-diaphragmatique.*

La troisième respiration, la respiration costo-diaphragmatique, est à la fois profonde, silencieuse, longue et **adaptée à la parole**. Elle engage le diaphragme comme la respiration basse mais se situe un peu plus haut au niveau des côtes. Elle est intermédiaire entre respiration haute et basse. C'est une respiration libre, pleine, c'est-à-dire qui m'apporte le maximum d'oxygène en engageant l'ensemble de mes muscles inspirateurs. **C'est cette respiration qui me permet de trouver le meilleur appui en moi pour parler et gérer mon stress.** Je l'expérimente naturellement quand je suis détendu(e) ou au repos. C'est elle que je dois mobiliser le jour J.

La respiration à éviter	La respiration adaptée à la prise de parole
incontrôlée, saccadée, thoracique, sonore, superficielle	libre, profonde, pleine, attentive, lente, silencieuse
→ la respiration haute	→ la respiration costo-diaphragmatique

3 Ma respiration me permet de gérer mon stress

Il est normal de ressentir du stress lorsque l'on s'exprime à l'oral. Les professionnels exposés à de fortes pressions (comédiens, chanteurs, membres du GIGN, pilotes d'avion…) ne s'y trompent pas : le travail sur la respiration fait partie de leur quotidien.

En situation de stress, ma respiration est donc d'un grand secours (→ exercice 2, p. 133) : **je peux directement la contrôler** (contrairement à d'autres processus du corps, totalement autonomes, comme la digestion). **Elle me permet d'agir sur mon rythme cardiaque** (→ p. 90) : en amplifiant l'inspiration et en ralentissant l'expiration, je peux réguler et ralentir les battements de mon cœur et ainsi réguler mon stress.

4 Ma respiration est mon outil

A Elle fournit l'énergie à ma voix

L'air est le carburant de la voix. Si je dois faire 100 kilomètres en voiture, mieux vaut avoir un réservoir plein plutôt qu'à moitié vide !
Plus précisément, une respiration libre et pleine me donne plus d'amplitude à l'inspiration ; **elle me permet de trouver la juste compression du souffle pour poser ma voix** (→ p. 142) **et rend mon corps plus disponible**. C'est en cela qu'on parle de « s'appuyer » sur sa respiration.
Le jour de mon oral, je dois retrouver en sensation cette respiration costo-diaphragmatique, que j'expérimente, par exemple, quand je dors : **je dois la travailler car, en situation de stress, ce n'est pas une respiration « naturelle »**.

PRÉPARATION PHYSIQUE

B Elle me permet de nourrir ma relation au jury

Face à mon jury le jour de l'oral, ma respiration me donne mon tempo intérieur. Je dois garder mon propre rythme respiratoire et être capable de le ralentir alors même que le stress me conduirait à subir une accélération.
Plus ma respiration sera profonde et fine, plus elle me rendra disponible pour le jury et capable d'assumer des silences, de mieux rebondir ou de gérer un trou de mémoire (→ exercice 3, p. 134).

C Comment faire si je me sens déstabilisé(e) le jour du Grand Oral ?

Il peut arriver qu'en situation d'oral, je panique et je me retrouve en respiration haute. Pour revenir à une respiration libre et pleine, je commence par observer un temps d'apnée de 3 secondes après avoir inspiré (ma poitrine est gonflée, mes épaules soulevées). Je laisse ensuite partir l'air très lentement par la bouche comme si c'était de la buée. Je reproduis l'opération trois fois. Ensuite, j'inspire lentement par le nez, cette fois-ci sans soulever les épaules, en sentant la descente du diaphragme et l'ouverture de la cage thoracique.

JE RETIENS

- **En prévision du Grand Oral, je m'entraîne le plus régulièrement possible à développer en moi le réflexe d'une respiration libre et pleine, y compris en situation de stress.**
- **Le jour de l'épreuve, avant de parler, je mobilise cette respiration libre et pleine. Lorsque je parle, je prends le temps de respirer avant chaque phrase.**

JE M'ENTRAÎNE

Exercice 1 J'expérimente les trois façons de respirer

1 min

Je m'allonge sur le sol ou mon lit, les genoux pliés et les pieds à plat.

1. Une main posée sur ma poitrine, je respire en soulevant mes épaules : **c'est la respiration haute, ou thoracique**. J'essaie de dire une phrase dans cette position.

2. Une main posée au niveau de mon nombril, je gonfle mon ventre, sans soulever les épaules : l'air est aspiré dans mes poumons. **C'est la respiration basse ou abdominale.** J'essaie de dire la même phrase.

3. Je prends quelques secondes pour me détendre. Je soulève mon bassin en gardant le haut du dos en contact avec le sol. J'expire d'abord en mobilisant les muscles abdominaux, puis je les relâche et laisse l'air revenir de lui-même. Ensuite, j'inspire en laissant l'air rentrer librement dans mon corps par le nez. Je sens :

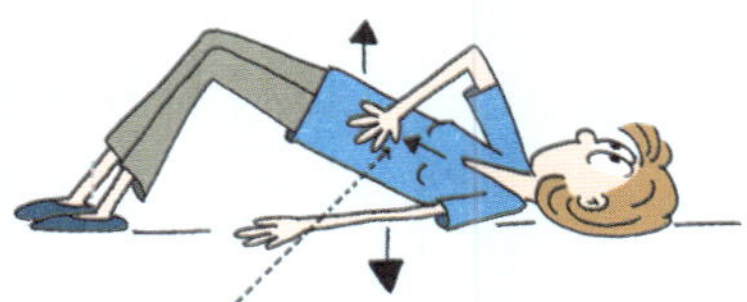

- ma main posée sur mon ventre se soulever à l'inspiration et redescendre à l'expiration ;
- l'ouverture de la cage thoracique et la descente du diaphragme quand j'inspire, particulièrement au niveau du contact de mon dos avec le sol.

C'est la respiration costo-diaphragmatique. Je dis la même phrase qu'aux étapes précédentes après avoir inspiré de cette manière.

→ Je constate qu'il est plus facile de dire la phrase lorsque je suis en respiration costo-diaphragmatique.

Exercice 2 Je respire pour me relaxer

5 min

Je m'imagine dans un endroit que j'aime, où je me sens bien (au bord de mer, à la campagne, dans ma chambre...).

1. **Le soupir :** j'ouvre les bras latéralement jusqu'à la hauteur des épaules. Je laisse le maximum d'air rentrer en moi, en gardant mes épaules détendues, puis je relâche mes bras d'un coup, en laissant l'air partir par la bouche.

PRÉPARATION PHYSIQUE

2. Le moteur à 4 temps : je pratique la même inspiration qu'à l'étape précédente, mais cette fois-ci, je reste gonflé(e) d'air, le corps complètement « ouvert » en suspendant ma respiration ; je maintiens cet état d'apnée pendant 2 secondes, puis j'expire pendant 2 secondes, en me relâchant complètement (mais sans laisser s'affaisser ma poitrine). J'observe 2 secondes d'apnée avant de répéter le mouvement. J'allonge le temps d'expiration de 2 à 4 secondes, puis de 4 à 6 secondes, puis de 6 à 8, puis de 8 à 10, etc., en répétant l'étape, au moins cinq fois.

Exercice 3 Je respire en sentant le mouvement de mon diaphragme

1 min

1. Debout, je mets les mains au-dessus de ma taille, j'appuie mes pouces de part et d'autre de la colonne vertébrale, mes mains de part et d'autre de la base de ma cage thoracique.

2. J'inspire calmement, lentement par la bouche, en serrant mes lèvres l'une contre l'autre comme si j'aspirais l'air à travers une paille très fine. Je sens un mouvement d'ouverture de mon dos, sous l'action du diaphragme qui descend. Je perçois aussi l'ouverture de mes côtes sur mes flancs et dans les dos. Le ventre sort légèrement.

3. Je laisse l'air repartir : le diaphragme se détend et remonte, mes côtes et ma cage thoracique retrouvent leur position initiale.

JE M'AUTO-ÉVALUE

Avant et pendant une conversation, une présentation, un oral, ou une situation stressante, je porte mon attention sur la façon dont je respire.

- Ai-je pris le temps qu'il me fallait (une dizaine de secondes si besoin) pour ressentir la respiration costo-diaphragmatique avant de parler ?
- Ai-je réussi à ressentir le rythme de ma respiration (rapide, lent) ?
- Ma respiration était-elle profonde, libre, silencieuse ?

5
JE PRENDS APPUI SUR LES SILENCES

« Mes silences sont aussi importants que mes paroles. »

VIDÉO

Poser sa voix

Pourquoi dois-je prendre appui sur les silences ?

Cela peut paraître étonnant : la qualité d'une parole dépend de la qualité des silences. Mais le vide fait peur. Quand je prépare ma présentation pour le Grand Oral, je dois aussi m'entraîner à assumer des silences. Ils rythment mon propos. Je ne dois pas les confondre avec le silence qui serait un vide, parce que je n'aurais pas préparé mon oral !

1 Comment utiliser les silences lors de l'épreuve ?

A Avant de commencer à parler

Au début de l'épreuve, juste avant de parler, je prends le temps du silence pour effectuer une respiration profonde. **Je ne me permets pas d'engager la parole sans avoir observé ce silence initial d'au moins 5 à 10 secondes devant le jury** (→ exercice 1, p. 137).

B Pendant ma présentation

Dans une bonne présentation orale, il y a environ un tiers de silence. Sur mes 5 minutes de présentation au jury, cela représente donc **1 minute 30 de silences**, partagés en pauses diverses (→ exercice 2, p. 138).

C Lors de l'entretien

Avant de répondre à une question du jury, je ne dois pas hésiter à prendre quelques secondes de silence. Elles me permettent de mieux écouter et de mieux comprendre la question. Plutôt que de dire « bah », « euh » ou « en fait », j'assume le silence : mon propos paraît aussitôt plus ferme et plus réfléchi.

2 En quoi assumer les silences va-t-il faire progresser mon oral ?

À l'oral, le silence a trois fonctions incontournables. Il m'aide à respirer et à clarifier mon propos. Il permet à celui qui m'écoute de recevoir, d'entendre et de comprendre ce que je dis. Enfin, c'est une respiration indispensable pour mettre en valeur ce que je veux.

A Le silence, un temps pour moi

Quand je parle en public, je dois commencer par m'écouter pour savoir où j'en suis. Pour éviter de me précipiter sous l'effet du stress, le moyen le plus efficace est de **prendre le temps d'un silence initial avant de commencer à parler**.

C'est aussi, au fil de mon propos, un temps que je prends volontairement et qui me permet de rester maître de mon tempo. **Le jour de l'épreuve, je peux être tenté(e) de réciter par cœur. Mais l'apprentissage par cœur n'est qu'une étape intermédiaire** pour préparer mon oral avant le jour J. Un oral de qualité demande une certaine fraîcheur : il faut que je continue à ajuster mon propos en même temps que je parle. Le silence donne l'appui pour construire et vérifier la clarté de ce que je dis.

B Un temps pour celui qui m'écoute

Lorsque ma parole parvient à l'oreille de mon interlocuteur, il faut encore que l'information circule et soit traitée par son cerveau. Cela prend au minimum quelques dixièmes de seconde. **Si j'enchaîne deux informations sans marquer de silence, le cerveau de mon auditeur n'a pas le temps de recevoir la deuxième information.** C'est comme si je remplissais un tonneau sans fond.

Le silence permet aussi d'avoir un effet sur mon interlocuteur. Un simple « Bonjour » par exemple demande à être suivi d'un petit silence, sinon il ne permet pas réellement d'établir un contact.

C Une respiration indispensable pour mettre en valeur ce que je veux

Une chanson ou un morceau de musique sans silence seraient tout à fait inaudibles. Le silence donne le rythme de mon propos. Ainsi, je peux utiliser des pauses de durée variable, de 1, 2, 3 ou encore 5 secondes. Un silence placé juste avant un mot le met en valeur car il crée un suspense. Un silence juste après aussi, car il donne le temps de l'entendre (→ exercice 3, p. 138).

CITATION

« Les mots servent à libérer une matière silencieuse qui est bien plus vaste que les mots. »

Nathalie Sarraute, écrivaine française.

JE RETIENS

- Le jour du Grand Oral, j'introduis des silences :
  - **avant de commencer à parler :** 5 à 10 secondes ;
  - **pendant ma présentation :** des pauses de quelques secondes représentant environ 1 minute 30 au total sur les 5 minutes prévues ;
  - **pendant l'entretien :** quelques secondes avant chaque réponse aux questions du jury.
- Je proscris les mots parasites : « bah », « euh » ou « en fait ». Je les remplace par des silences.

JE M'ENTRAÎNE

Exercice 1 Je développe l'usage des silences grâce à la respiration

1 min

1. Je garde les yeux sur un point fixe devant moi.

2. J'expire à fond en contractant progressivement l'abdomen. Ainsi, je me concentre sur l'expiration qui me demande un acte volontaire. En revanche, pour l'inspiration, je laisse l'air entrer par lui-même, sans action volontaire de ma part.

3. Je répète cet exercice trois ou quatre fois, puis je dis la phrase suivante : « Bonjour mesdames, bonjour messieurs. »

CONSEIL

C'est dans le silence que l'on respire. Si je ne fais pas de silence, je vais courir après ma respiration. Dès que je me sens en apnée ou en respiration haute, j'expire à fond, en mettant légèrement et progressivement la pression sur l'abdomen, de façon à enclencher par réaction la respiration costo-diaphragmatique (→ p. 130). J'obtiens ainsi une respiration plus libre.

Exercice 2 Je me débarrasse des mots parasites

5 min

1. Je choisis un sujet simple : mon petit déjeuner, comment je suis venu(e) au lycée aujourd'hui, ce que je vais faire le week-end prochain... ou tout autre thème qui me plaît.

2. Je parle sur ce thème improvisé pendant 2 minutes en m'enregistrant. Avant de commencer à parler, j'observe un silence initial pendant lequel j'inspire et j'expire. Je m'oblige à faire des phrases courtes (5 à 10 mots au maximum), avec une seule idée par phrase. Je respecte un silence de 5 secondes après chaque phrase pendant lequel j'inspire.

CONSEIL

Ces entraînements me permettent de changer mes habitudes. J'évite absolument les phrases à rallonge, coordonnées par « et », « et puis », « bah », ou encore les relatives avec « que », « qui » : ce sont de longs tunnels qui provoquent la monotonie et obscurcissent le sens. Parfois, sans en avoir conscience, on fait ainsi des phrases de plus de 50 mots ! C'est mettre l'attention de celui qui nous écoute à rude épreuve !

3. Je m'écoute. Je prends conscience des mots parasites s'il y en a : « euh », « et donc », « en fait », « bah », etc. Je répète l'exercice pendant plusieurs jours jusqu'à disparition des mots parasites.

Exercice 3 Je lis un texte à voix haute

10 min

Lisez à haute voix ce texte en respectant la ponctuation. Chronométrez-vous. Si vous mettez moins de 50 secondes, c'est que vous ne laissez pas suffisamment la place au silence. Si vous mettez 1 minute environ, c'est l'indice d'un bon tempo.

> Contrairement à une idée reçue, le silence n'est pas du vide. D'un simple point de vue physique, un son ne peut traverser le vide. Le silence est vibration et résonance. La parole se déploie sur cette vibration et résonance. Il suffit d'écouter les silences d'un discours pour en évaluer la qualité. Celle-ci dépend de la qualité de l'interaction avec l'auditoire. Des temps de silences justes signent cette finesse où celui qui parle écoute la résonance de ce qu'il dit dans le cerveau de l'autre, tout en restant maître de son tempo, interprète et chef d'orchestre de son propos. Tous les silences ne se valent pas. Il est des silences vides et des silences pleins. Le silence vide où rien ne se passe. Les grands orateurs sont des maîtres du silence, de la vibration, de la résonance.

JE M'AUTO-ÉVALUE

Je travaille sur le début de ma présentation

1. J'écris sur le recto d'une feuille le début de ma présentation devant le jury, soit intégralement, soit sous forme de plan, de façon à pouvoir parler pendant 1 minute.

2. Je m'enregistre et je m'écoute :
- Est-ce que chaque phrase porte une idée claire ?
- Y a-t-il encore des mots parasites ?
- Y a-t-il des silences ?
- Est-ce que je ne parle pas trop vite ?

3. Si je ne suis pas satisfait(e) du résultat, je répète l'exercice.

4. Une fois que j'ai acquis cette maîtrise pendant 1 minute, j'ai réalisé l'essentiel. Les fois suivantes, je m'entraîne en ajoutant chaque fois 1 minute de parole, passant ainsi à 2, 3, 4 puis... 5 minutes : le temps de ma présentation devant le jury !

6 JE DÉCOUVRE MA VOIX

« Connaître et travailler ma voix me permet de gagner en impact à l'oral. »

Pourquoi est-il important de travailler ma voix?

Ma voix est l'expression de ma pensée mais elle véhicule aussi mes émotions. Elle me permet de toucher mes interlocuteurs. En vue du Grand Oral, j'ai intérêt à connaître ses caractéristiques et ses potentialités.

1 Ma voix, mon instrument

Ma voix est un petit miracle de technique ! Elle est comme un instrument à corde, à l'image d'une guitare. Elle mobilise l'ensemble de mon corps, à savoir :

- **Mon appareil respiratoire :** mon souffle d'air fournit l'énergie initiale, comme le guitariste donne l'énergie de base en grattant de ses doigts les cordes de la guitare.
- **Mon larynx :** mes cordes vocales transforment la pression d'air en énergie sonore, comme les cordes de la guitare transforment en son l'énergie provenant des doigts du guitariste.
- **Les résonateurs :** ces espaces de résonance amplifient et « sculptent » le son, comme la caisse de résonance dans une guitare (→ p. 148).
- **Mes organes articulateurs :** ce sont mes lèvres, ma bouche, mon palais, ma langue, mon nez et mon pharynx. Ils transforment la voix en parole.
- **L'oreille et le cerveau :** ils sont ma tour de contrôle. Ils me permettent de contrôler l'émission vocale et de l'adapter à mon environnement.

Je peux jouer de ma voix comme d'une guitare sauf que... la guitare est en moi ! Comme un guitariste travaille son instrument, je peux travailler ma voix parlée. Ma capacité à utiliser ma voix lors de mon Grand Oral sera prise en compte dans l'évaluation de l'épreuve. En vue de l'examen, j'ai donc intérêt à développer l'attention que je lui porte (→ exercice 1, p. 141).

2 Quatre composantes vocales à travailler

En vue de mon oral, je peux travailler quatre composantes vocales :

- **L'intensité** (le volume) : ce qui fait qu'on m'entend bien (→ p. 146) ;
- **Le timbre** (la « couleur » de ma voix) : ce qui rend ma voix agréable à entendre (→ p. 148) ;
- **La hauteur** (la variété des notes que la voix peut produire) : ce qui donne à ma parole sa musicalité (→ p. 153) ;
- **Le rythme** (le débit) : ce qui rend mon propos vivant (→ p. 151) !

JE RETIENS

Pour être convaincant(e) le jour de l'épreuve, je dois avoir entraîné ma voix un minimum et de façon simple pour qu'elle mette en valeur mon propos.

JE M'ENTRAÎNE

Exercice 1 J'apprends à connaître ma voix — 1 min

Je m'enregistre et je décris ma voix :

- Est-elle plutôt grave ou plutôt aiguë (la hauteur) ?
- Est-elle plutôt puissante ou douce (l'intensité) ?
- Quelle couleur a-t-elle : rauque, métallique, nasale, chaleureuse (le timbre) ?
- Est-ce que je parle plutôt lentement ou rapidement (le rythme) ? Ma parole est-elle vivante ?

JE M'AUTO-ÉVALUE

Quel est mon impact vocal ?

Lors de mes entraînements en vue du Grand Oral, je m'enregistre.

- Est-ce que ma voix est persuasive, convaincante ?
- Quelles émotions puis-je y déceler ?
- Est-ce que j'y perçois de la nervosité ?
- Qu'est-ce qu'en disent les autres autour de moi ?

7

JE TRAVAILLE MON SOUFFLE

« Le souffle est le carburant de ma voix et de ma présence »

Pourquoi travailler mon souffle en vue de mon Grand Oral ?

Le souffle, c'est l'air que je respire, qui est compressé pour faire fonctionner ma voix. Le travailler régulièrement me permet de développer mon appui respiratoire, de mieux gérer le stress et de gagner en puissance et en couleurs vocales. Un vrai atout pour avoir un impact sur mon jury !

1 Mon souffle me permet de maîtriser ma voix

Quand je respire, mes cordes vocales sont ouvertes pour laisser circuler l'air. Quand je parle, elles se serrent l'une contre l'autre et entrent en vibration au passage de l'air. L'air en dessous d'elles se compresse pour former une « colonne d'air ».

Imaginons une chambre à air de vélo, ou un pneu de voiture. L'air emmagasiné dans la chambre à air est sous pression ; si j'ouvre la valve, l'air s'en échappe avec beaucoup de puissance, mais aussi de régularité.

Dans mon corps, la chambre à air, c'est mon système respiratoire, et la valve, c'est l'espace entre les cordes vocales ! Quand je parle fort sans crier, ma voix porte, et elle prend appui sur la pression de l'air.

LE SAVIEZ-VOUS ?

Montserrat Caballé (1933-2018), l'une des plus grandes chanteuses d'opéra du XXe siècle, a passé plus d'un an à travailler son souffle au conservatoire… sans produire un seul son ! Au terme de cette période, elle confiera avoir pensé : « Tout commençait alors pour moi vocalement, mais je savais que j'avais gagné la guerre. »

Cette pression du souffle me permet de « jouer de ma voix ». **Plus cette pression est constante et plus elle dure, plus j'ai de liberté pour soutenir et faire varier ma voix.** Travailler mon souffle, c'est par conséquent m'entraîner à le rendre le plus régulier, le plus fin, le plus constant et le plus long possible (→ exercice 1, p. 144). Cela implique de mobiliser la respiration costo-diaphragmatique (→ p. 130).

2 Le souffle, un appui pour ma présence le jour de l'examen

Qui sait respirer sait parler ! Que ma voix soit chantée ou parlée, le souffle reste son carburant.

Si j'ai le souffle court, je cours après ma respiration. Mon jury m'entend haleter et respirer de façon sonore (« han... heu, bah... »). **À partir du moment où j'émets un souffle constant, je contrôle mon souffle et ne le subis plus.** Je l'utilise pour soutenir ma voix jusqu'à la fin des phrases (→ exercice 2, p. 144), et j'assume des silences qui donnent le temps à mon jury de mieux recevoir ce que je dis (→ p. 136).

Le jour de mon oral, je développe ainsi mon propre tempo dont je suis maître(sse) (→ exercice 3, p. 145).

Contrôler mon souffle, c'est enfin maîtriser la quantité d'air que j'inspire : je peux de cette façon augmenter le taux d'oxygène dans mon sang, réguler mon rythme cardiaque et donc gérer mon stress (→ p. 85). Un appui essentiel le jour J !

JE RETIENS

- Travailler mon souffle, c'est m'entraîner à le rendre le plus régulier, le plus fin et le plus long possible afin de pouvoir jouer de ma voix.
- Contrôler mon souffle me permet de renforcer ma présence auprès du jury le jour J.

PRÉPARATION PHYSIQUE

JE M'ENTRAÎNE

Exercice 1 Je contrôle mon souffle à l'expiration

3 min

1. Debout, je pose trois doigts sous le nombril. J'expire pendant 8 secondes, comme à travers une paille. Je sens mes muscles qui se contractent légèrement et progressivement sous mes doigts : mon souffle est le plus régulier et le plus fin possible, comme si je cherchais à faire vaciller continûment la flamme d'une bougie à 5 centimètres de ma bouche, sans l'éteindre.

2. Au bout des 8 secondes, je m'arrête, je garde les muscles contractés, puis je les relâche – le diaphragme redescend : l'air revient naturellement sans que j'aie à inspirer volontairement.

3. Je répète l'opération en allongeant la durée d'expiration à souffle constant : je passe de 8 secondes à 12, puis à 15, à 20, et enfin à 30 (je contrôle avec un chronomètre). Une fois que j'arrive à tenir un seul souffle constant sur 30 secondes, je refais l'exercice trois fois de suite. Je vérifie bien chaque fois que mon diaphragme descend à chaque inspiration.

Exercice 2 J'utilise mon souffle pour dire une longue phrase

1 min

1. Je reprends l'exercice 1 et je m'assure que je peux expirer pendant au moins 20, 30, puis 40 secondes. Je ne peux réussir à tenir 40 secondes que si je mobilise la respiration costo-diaphragmatique (→ p. 130).

2. Sur le temps de l'expiration, je m'entraîne à dire la phrase suivante : « Je sais contrôler mon souffle et je soutiens ma voix grâce à lui jusqu'à la fin de ma phrase de façon à progresser durablement. » en plusieurs étapes :

- « Je sais contrôler mon souffle… » (*Je laisse l'air revenir.*)
- « Je sais contrôler mon souffle et je soutiens ma voix… » (*Je laisse l'air revenir.*)
- « Je sais contrôler mon souffle et je soutiens ma voix grâce à lui… » (*Je laisse l'air revenir.*)
- « Je sais contrôler mon souffle et je soutiens ma voix grâce à lui jusqu'à la fin de ma phrase… » (*Je laisse l'air revenir.*)
- « Je sais contrôler mon souffle et je soutiens ma voix grâce à lui jusqu'à la fin de ma phrase de façon à progresser durablement. » (*Je laisse l'air revenir.*)

J'ai ainsi tenu une longue phrase sans avoir eu besoin de respirer. Quand j'inspire en laissant l'air revenir à la fin de chaque séquence, ma respiration est profonde et silencieuse grâce au contrôle de mon souffle.

Exercice 3 Je dis des phrases de ma présentation en contrôlant mon souffle

5 min

1. Je prends la première phrase de ma présentation du Grand Oral. Je m'entraîne à la dire, sur le modèle de l'exercice 2, en la soutenant grâce au souffle, jusqu'à la dernière syllabe.

2. Je m'entraîne ensuite à dire les 3-4 premières phrases de ma présentation, en me détendant après chacune d'entre elles, en sentant mon diaphragme redescendre chaque fois.

3. Je repère une longue phrase dans ma présentation. Par exemple : « C'est la responsabilité des industries pétrolières, qui ont contribué à la pollution de l'environnement, de penser le temps futur des énergies renouvelables. »

- Je m'entraîne à la dire d'une seule traite d'une voix sonore, soutenue par le souffle, mais sans accélérer.
- Si j'en ai besoin, je peux progresser par étapes en me laissant respirer à chaque virgule.

JE M'AUTO-ÉVALUE

Je vérifie que mon souffle est contrôlé et silencieux

J'enregistre sur mon smartphone un extrait d'une minute de ma présentation pour le Grand Oral :

- Je m'entraîne jusqu'au moment où je réussis à parler lentement, distinctement, et où j'ai fait disparaître toutes les scories sonores (« euh », « donc », « en fait », « voilà... »).
- J'écoute la façon dont je respire. À la fin de mes phrases, mes temps de respiration doivent être silencieux et surtout ni rapides, ni sonores (avec un bruit d'aspiration au niveau de la gorge).

8

JE VEILLE À ÊTRE AUDIBLE

« Je dois veiller à ce que chacune de mes paroles, chacune de mes syllabes soit entendue. »

▲ *Martin Luther King à Philadelphie le 30 août 1965.*

VIDÉO

Poser sa voix

Comment m'assurer que je suis audible ?

Je travaille à rendre ma voix sonore, en mobilisant ses micros naturels, les espaces « résonateurs » de mon corps. Le jour J, j'adresse mon propos au jury, en le regardant, et je m'applique à soutenir ma voix jusqu'à la dernière syllabe de chaque phrase.

1 J'adresse mon propos au jury

A Regarder le jury droit dans les yeux

M'adresser au jury nécessite d'être centré(e) sur mes appuis et de le regarder dans les yeux (→ p. 115). Cet engagement du corps impacte mon intensité vocale. Si je baisse les yeux ou si je regarde au plafond, ma voix faiblit mécaniquement. C'est comme si je faisais une passe au foot ou au handball sans regarder la personne à qui je la destine. Au contraire, si je regarde mon interlocuteur droit dans les yeux, ma voix se place facilement à la bonne intensité.

B Passer la rampe le jour de l'oral

Comment « passer la rampe » le jour de mon oral ? Je dois parler suffisamment fort et distinctement pour me faire entendre du jury, même en me tenant à 1 ou 2 mètres devant lui. Or, pour être audible, le son de ma voix ne doit pas s'arrêter juste au niveau de la personne à qui je m'adresse, mais aller au-delà et l'envelopper. Un moyen simple pour m'en assurer ? Au début de l'oral, au moment où je règle mon intensité vocale, j'imagine que je parle à deux autres personnes placées 2 mètres derrière le jury.

LE SAVIEZ-VOUS ?

Au théâtre, avant l'invention de l'électricité, la « rampe » était le devant de la scène où étaient disposées les bougies qui l'éclairaient. Les acteurs se tenaient à au moins 1 ou 2 mètres de la rampe pour que leur costume ne risque pas de prendre feu. « Passer la rampe » signifiait que leurs voix passaient au-delà de la ligne des bougies et que les spectateurs pouvaient les entendre jusqu'au fond de la salle.

2 Je trouve la bonne intensité

A Le niveau sonore

Le jour de l'épreuve, je ne force pas ma voix. Je la soutiens avec mon souffle et je veille à détendre ma mâchoire, mon visage, mon cou et ma gorge. Pour que ma voix occupe l'espace, il faut que je lui donne l'espace en moi pour qu'elle résonne.

Attention ! Il est important que je sois conscient(e) du niveau sonore de ma voix : ni trop discret (pour garder le jury attentif), ni trop fort (car alors ma voix devient désagréable à écouter).

Pour mon oral, la bonne intensité dans le tableau ci-dessous est à situer entre les niveaux 4 et 5.

Entre ces deux niveaux, je peux varier l'intensité pour donner du rythme à mon discours (→ exercice 1, p. 149).

Sept niveaux sonores d'intensité vocale	
1 Chuchoter	Ma voix n'est pas timbrée, elle est noyée de souffle. C'est le niveau que j'emploie dans une chambre où des gens dorment.
2 Murmurer	Ma voix est très légèrement timbrée, je cherche à me faire entendre sans faire de bruit. C'est le niveau des conversations dans un train.
3 Parler doucement	C'est le niveau que j'emploie pour consoler ou réconforter quelqu'un.
4 Parler normalement	C'est le niveau d'une conversation normale.
5 Parler en public	C'est le niveau vocal oratoire, lorsque je m'adresse à un public d'au moins quinze personnes sans micro. Ma voix porte.
6 Parler fort	Je dois faire un effort pour élever la voix, couvrir les bruits environnants.
7 Parler très fort	J'appelle quelqu'un au loin. Je termine en apothéose un discours devant une foule. C'est crier en sachant crier, sans que la voix ne soit sur la gorge.

PRÉPARATION PHYSIQUE

B Mes micros naturels, les résonateurs

Lorsque je m'adresse au jury, je ne « projette » pas ma voix comme je lancerais un projectile au loin. De la même manière que, dans une guitare, la vibration des cordes est amplifiée par la caisse de résonance, ma voix dispose d'une véritable caisse de résonance : mon corps, et particulièrement ce qu'on appelle les « résonateurs » : le pharynx (l'arrière de la bouche), la bouche, le nez, les lèvres et l'espace entre elles. Ces résonateurs enrichissent mon timbre de voix. **Plus ces espaces de résonance seront détendus et ouverts, plus ma voix sera « timbrée »**, c'est-à-dire sonore, riche en harmoniques, plus elle portera loin et plus elle sera expressive (→ exercice 2, p. 150).

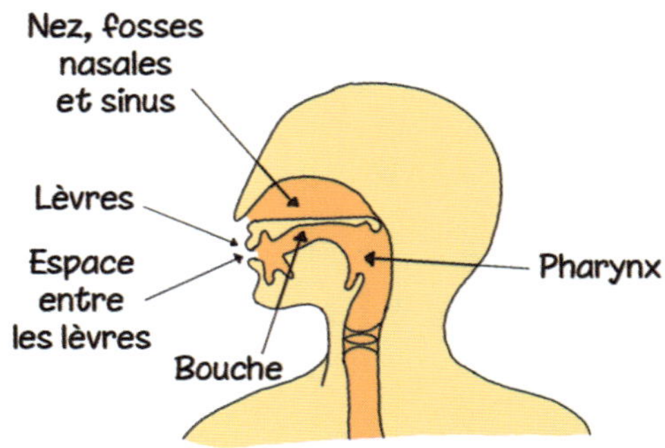

▲ *Les résonateurs.*

DÉFINITIONS

Intensité : volume de la voix. L'intensité est élevée lorsque l'on parle fort, et basse lorsque l'on parle doucement.

Timbre : qualité particulière d'un son (ou d'une voix), indépendamment de sa hauteur ou de son intensité. Il est lié aux harmoniques, c'est-à-dire aux résonances du son dans le corps ou l'instrument. On parle aussi des couleurs de la voix.

3 Je soutiens ma voix jusqu'à la fin de chaque phrase

On dit parfois qu'il faut « baisser » la voix à la fin de chaque phrase. C'est exactement le contraire qu'il faut faire !

Pour être audible le jour de l'oral, je dois tout particulièrement soutenir la dernière syllabe de la phrase, sinon je perds l'attention du jury qui se demande encore ce que je viens de dire alors que j'ai débuté la phrase suivante.

Après la dernière syllabe, j'accompagne ce que je dis dans le cerveau de mon jury en soutenant mon regard encore 2 secondes.

LE SAVIEZ-VOUS?

Le Grec Démosthène a été un des plus grands hommes d'État de l'Athènes antique. À 20 ans, il fait son premier grand discours. C'est une catastrophe. Le public ne l'écoute pas. Doté d'une voix chétive, d'un souffle court, il s'entraîne alors en déclamant des tirades et des vers, face au fracas de la mer. Il devient l'un des plus grands orateurs de tous les temps.

Je prends particulièrement soin d'« adresser » la parole à mes examinateurs. Soutenir l'intensité vocale jusqu'à la fin de la phrase, c'est soutenir mon idée, ma pensée, jusqu'au bout. Cela transmet ma conviction et mon engagement (→ exercice 3, p. 150), qualités essentielles évaluées lors du Grand Oral. Pour y parvenir, je développe en parallèle l'appui de la respiration (→ p. 129) et le souffle constant (→ p. 142).

JE RETIENS

- **Le jour de l'oral, j'adresse la parole à mon jury en le regardant.**
- **Je prends comme repère spatial pour le volume de ma voix un point à 2 mètres derrière mon jury. Je veille à ne pas baisser la voix à la fin de mes phrases.**

JE M'ENTRAÎNE

Exercice 1 Je travaille une gamme d'intensité vocale

2 min

1. J'imagine que je me promène dans la forêt. Le soir tombe. Je finis par perdre mon chemin.

2. J'appelle : « Est-ce que quelqu'un m'entend ? » en variant l'intensité sonore, sur une gamme de sept niveaux de volume, du plus faible au plus fort.

CONSEIL

Pour m'aider à trouver ces sept niveaux différents, je prends sept repères visuels à différentes distances de moi dans l'espace alentour.

Est-ce que quelqu'un m'entend ?

Est-ce que quelqu'un m'entend ?

Est-ce que quelqu'un m'entend ?

Est-ce que quelqu'un m'entend ?

Est-ce que quelqu'un m'entend ?

Est-ce que quelqu'un m'entend ?

Est-ce que quelqu'un m'entend ?

Exercice 2 J'ouvre mon corps à la résonance de ma voix

1 min

▲ *Un garçon « bouche bée ».*

1. Debout, sur une inspiration, je remonte mes épaules aux oreilles. Je compte 5 secondes et suspends mon souffle. Je relâche les épaules (sans laisser la poitrine s'affaisser !) et laisse l'air partir en détendant la mâchoire. Ma bouche est maintenant ouverte (comme lorsque je suis « bouche bée »), vide d'air, prête à résonner.

2. Après l'expiration, je dis la phrase suivante : « Bonjour, mesdames et messieurs. » Je sens que ma voix vibre progressivement dans tout le corps.

3. Je compare en disant la même phrase après avoir pris une inspiration en gonflant ma poitrine et sans détendre ma mâchoire.

→ **Je constate que ma voix a plus d'ampleur lorsque ma mâchoire est détendue.**

Exercice 3 Je lis un texte sur un ton identique

3 min

1. Je choisis un texte (un extrait de mon exposé pour le Grand Oral, un discours célèbre...).

CONSEIL

Je respire quand j'en ai besoin. Mais je conserve absolument le même ton d'un bout à l'autre. Attention à ne pas forcer la voix : on sent alors que ça « gratouille » dans la gorge.

2. Je le lis sur un seul souffle et exactement la même note, avec un rythme égal pour toutes les syllabes, à la façon d'une litanie.

Cet exercice permet de trouver le placement naturel de la voix, afin qu'elle puisse résonner et porter dans l'espace sans effort.

JE M'AUTO-ÉVALUE

Je m'entraîne à varier le volume de ma voix

J'enregistre un extrait de ma présentation sur mon smartphone.

1. Est-ce que les fins de mes phrases sont bien soutenues ? Est-ce que je les entends ? Est-ce que je les perçois clairement sans exception ?

2. Combien de niveaux vocaux différents est-ce que je parviens à identifier ? Je les diversifie pour arriver à en produire au moins trois.

9 JE RENDS MON PROPOS VIVANT

« Je stimule l'attention de l'auditoire grâce à ma voix. »

Qu'est-ce qu'un propos « vivant » ?

Qui dit vivant, dit mouvement. Dans la parole, cela se traduit par de la variété, et des changements de couleur et de rythme.

Je joue de ma voix comme un musicien joue de son instrument : je suis l'interprète de ce que je dis et je l'accompagne dans le cerveau de l'autre.

1 Je stimule l'attention du jury

Imaginons que je sois le passager d'une voiture qui entre sur l'autoroute. La voiture roule à vitesse constante, sans arrêt ni changements de régime. C'est comme si je regardais un film ou une série qui ne proposerait qu'un plan fixe unique. Quel ennui ! Au bout de quelques dizaines de minutes, qu'est-ce que j'ai tendance à faire ? Je m'endors !

Lors de mon oral, je dois veiller à ne pas être en mode « autoroute » ou « plan fixe unique ». **Ma voix permet de générer de la variété, et par conséquent de capter l'attention du jury.**

2 Je donne du sens à mes mots en jouant de ma voix

Parler en public, c'est avoir l'opportunité d'ajouter du sens et de l'impact à mon propos. On peut imaginer tout ce que je perdrais en nuance si ma présentation était simplement lue en silence par le jury sur une feuille.
À l'oral, j'apporte aux mots un supplément d'âme, par ma présence, mon engagement, mon regard et mes gestes, et surtout, par ma voix, son intensité, ses variations et ses couleurs.
Il faut que les mots vivent, du triple sens que je leur donne :

- **une signification :** les mots décrivent une réalité ;
- **une direction :** j'adresse et dirige ma parole vers mon auditoire ;
- **une intention :** mes mots peuvent aussi toucher mon auditoire émotionnellement.

3 Je construis ma partition vocale

Lors de mon oral, j'adapte ma voix à mon contenu : est-ce que je cherche à informer, démontrer de façon rationnelle (c'est-à-dire persuader), émouvoir (→ exercices 1 et 2, p. 154-155) ? Il existe quatre paramètres dont je peux jouer pour construire ma « partition vocale » lors de mon intervention orale.

A Je mets en valeur en faisant varier l'intensité

Je peux mettre en valeur certains mots en leur donnant plus d'intensité vocale par rapport aux autres dans la phrase. Le contraste les met en valeur.
Exemple :
« J'ai choisi de vous parler du réchauffement climatique. » aura un impact différent de « J'ai choisi de vous parler du réchauffement climatique. » ou encore de « J'ai choisi de vous parler du réchauffement climatique. » Le premier exemple met en valeur « climatique », le second « choisi ». Le troisième ne met aucun mot en valeur et reste plat. C'est ma version « autoroute » ou « plan fixe unique ».

B Je rythme avec les silences

Les appuis les plus efficaces sont les pauses (→ p. 135). Je prends le temps d'un silence initial avant de parler en regardant mes interlocuteurs. Je place une pause avant ou après un mot que je souhaite mettre en valeur.

Exemple : « L'industrie du luxe ne peut plus [*pause*] faire commerce des fourrures animales comme avant. »

LE SAVIEZ-VOUS ?

En 1963, le célèbre discours de Martin Luther King (1929-1968) appelant à la fin de la ségrégation raciale était minutieusement pensé en termes de rythme : une structure en trois temps (hier, aujourd'hui, demain), une répétition des mêmes groupes de mots (la figure de style de l'anaphore, jusqu'au fameux « I have a dream »), et une progression en crescendo de l'intensité vocale jusqu'au final en apothéose.

C Je mets du sens et de la vie par des intonations

Je varie ma hauteur de voix du plus grave au plus aigu et du plus aigu au plus grave (sinon je suis monotone).

Exemple :

« L'industrie du luxe / ne peut plus faire commerce / des fourrures animales / comme avant. »

→ ↗ → ↗ → ↗ → ↗ → ↘

Ici, les changements de hauteur de voix donnent à la phrase un caractère d'exclamation en mettant en valeur les dernières syllabes des mots-clés.

D J'adapte mon débit à la capacité d'écoute de mon interlocuteur

La question du débit, c'est-à-dire la vitesse à laquelle j'énonce chaque syllabe, est fondamentale.

Au quotidien, j'ai tendance à parler à la vitesse de mes pensées. Lors du Grand Oral, il faut que je change de repères et que je prenne le rythme de l'écoute des membres du jury : ils me voient et m'entendent sur mon sujet pour la toute première fois.

Quelle quantité d'informations, de messages clés sont-ils susceptibles de recevoir, de mémoriser ? Si je pense en plus qu'ils écoutent de nombreux candidats et restent assis pendant plusieurs heures, je dois veiller à garder leur attention.

Je prends soin de parler suffisamment

lentement pour être compréhensible, tout en me permettant d'accélérer pour changer de dynamique. Si je parle trop vite, je perds mon interlocuteur ! Si je ne parle que lentement, m'écouter va devenir un supplice ! Il faut viser une certaine variété vocale (→ exercice 3, p. 155).
En fin de compte, rendre mon propos vivant, c'est être à l'écoute de mon auditoire, car c'est lui aussi qui écrit la partition avec moi. Être à l'écoute de l'attention de l'auditoire, voilà tout l'art.

JE RETIENS

- **Le jour de l'oral, je fais attention à l'usage de ma voix pour rendre mon propos vivant et le mettre en valeur aux oreilles de mon jury.**
- **Je fais varier l'intensité de ma voix, ses intonations, la vitesse de mon débit et je joue des silences pour mieux capter l'attention du jury.**

JE M'ENTRAÎNE

Exercice 1 J'exprime des émotions grâce à ma voix — 5 min

1. Je choisis une phrase de mon exposé pour le Grand Oral.

2. Je m'entraîne à la dire d'une façon :
- enthousiaste ;
- énervée ;
- triste ;
- apeurée ;
- sérieuse et calme.

3. Je m'enregistre. Quelle différence y a-t-il entre ces cinq émotions, vocalement ? En termes d'intensité, de rythme, de hauteur ?

Exercice 2 J'associe des émotions à ma présentation

10 min

1. Je reprends le texte de ma présentation pour le Grand Oral.

2. Je le partage en différentes parties auxquelles j'associe une émotion particulière.

3. Je dis mon texte en le colorant d'intensité, de rythme et de hauteurs correspondant aux différentes émotions que j'ai identifiées.

Exercice 3 Je fais varier le débit de ma voix

3 min

Je lis le texte de ma présentation pour le Grand Oral :

- normalement, à mon rythme habituel ;
- lentement, puis beaucoup plus rapidement ;
- en adaptant le débit de mes paroles au sens du texte. J'adopte différents rythmes, je joue de la musicalité de ma voix et du phrasé de mon discours. Je détache les syllabes des mots que je veux mettre en valeur : « au-jour-d'hui ».

JE M'AUTO-ÉVALUE

Je joue de ma voix

Je m'enregistre sur la dernière étape de l'exercice 3 : ma voix est-elle variée en intensité ? dans le rythme ? en hauteur et dans les intonations ? Je peux faire le test auprès d'un proche. Comment m'entend-il ?

PRÉPARATION PHYSIQUE

10 JE PRENDS SOIN DE MA VOIX

« La qualité de ma voix dépend aussi de moi. »

Pourquoi ai-je intérêt à soigner ma voix en vue de mon oral ?

Pour m'assurer de faire la meilleure impression possible le jour de l'examen, je veille à ce que ma voix soit claire, reposée, bref, en forme !

On nous apprend très tôt à prendre soin de nos dents mais on oublie parfois que **notre voix est, elle aussi, précieuse, fragile et irremplaçable** !

1 Trois bons réflexes inusables

L'hygiène vocale, c'est une question de petits gestes et de petites attentions régulières, quotidiennes. C'est particulièrement important pour l'épreuve du Grand Oral, les jours et les semaines qui précèdent. Ai-je envie d'avoir une voix rauque ou fatiguée le jour de l'examen ?

A Je veille à la qualité de mon sommeil

Le meilleur ami de ma voix, c'est le sommeil ! Qui n'a pas expérimenté la voix éraillée les lendemains d'insomnie ou de trop courte nuit ? Dormir bien et suffisamment permet à mes muscles d'être plus détendus et donc à ma voix d'être plus claire et plus réactive.

B Je repose ma voix

Mes cordes vocales sont des muscles. Trop de travail les fatigue, surtout si j'en use mal et si je les force – dans des environnements bruyants, bars, cafés, soirées... Ma voix et mes oreilles aimeront les plages de calme prolongé pour se reposer.

C Je veille à m'hydrater

Mes cordes vocales ont besoin d'être lubrifiées pour bien s'accoler. Je veille donc à boire de l'eau régulièrement au cours de la journée, particulièrement lorsque je dois parler.
J'évite aussi les environnements trop secs ou climatisés. Je prévois donc une petite gourde d'eau le jour de l'examen.

2 Deux ennemis de la voix

Avant de parler, certaines substances peuvent apporter un semblant de détente. Mais il faut rejeter ces ennemis de la voix !

A Le tabac

On ne va pas vous faire la morale ! Mais si le fait que la pollution affecte les voies respiratoires est de notoriété publique, fumer, c'est respirer de l'air (très) pollué.

Fumer peut donner à ma voix une couleur plus grave. Mais la fumée du tabac irrite les muqueuses par sa température de combustion (jusqu'à 850 degrés), la toxicité de la nicotine et les nombreux agents cancérigènes des cigarettes.

B L'alcool

Même consommé la veille ou l'avant-veille, l'alcool a des conséquences sur ma tonicité vocale. Il congestionne et déshydrate mes cordes vocales (particulièrement les alcools blancs). Sa digestion fatigue mon corps et rend le contrôle musculaire moins précis. Il favorise enfin le reflux gastrique (acide) qui affecte les muqueuses.

LE SAVIEZ-VOUS ?

La muqueuse est la membrane qui recouvre les surfaces des parties internes de mon corps : le tube digestif, les fosses nasales, les bronches... mais aussi les cordes vocales. Pour bien fonctionner, les cordes vocales doivent être bien lubrifiées. Elles peuvent s'irriter au contact de certaines substances.

PRÉPARATION PHYSIQUE

3 Les faux amis de la voix

A Le café et le jus de citron

Attention aux boissons et aliments astringents qui resserrent et assèchent les tissus ! Le jus de citron est un remède de grand-mère en cas de mal de gorge. Mais il affecte, avec le café, la lubrification de mes cordes vocales, et rend ma gorge sèche. Café et jus de citron sont donc à consommer avec modération la veille et le jour du Grand Oral.

B Les sodas, boissons fraîches, yaourts et crèmes glacées...

Les sodas et boissons glacées seront sûrement de mise au moment du Grand Oral, juste avant l'été. Elles peuvent me donner une sensation de rafraîchissement, mais le froid a un effet astringent et l'acidité du sucre diminue la liberté des cordes vocales en augmentant la production de mucus. Les produits laitiers produisent un effet similaire : désolé pour les fans de yaourts frais ou de crèmes glacées !

4 Quatre conseils simples avant et pendant mon Grand Oral

A Je porte des vêtements souples

Je veille à rester libre au niveau de la cage thoracique, du cou, de l'abdomen, afin que mes muscles respiratoires aient toujours l'espace suffisant pour fonctionner et pouvoir se détendre.

B Je m'étire

Je veille à détendre mon corps et ouvrir les espaces de résonance qui agissent sur la voix. Je travaille à ma respiration tout en détendant ma mâchoire. La forme physique et la disponibilité corporelle sont les facteurs clés d'une voix performante.

C Je veille à mon alimentation

Au repas précédent le Grand Oral, je m'alimente légèrement. Avec un repas trop copieux, l'estomac et le système digestif sont très sollicités et peuvent affecter la liberté de mouvement du diaphragme. Or, c'est lui qui me permet de soutenir ma voix au mieux.

D Je reste à l'écoute de ma voix et de mon corps

Si je sens que ça tire sur la gorge, que ça me gratte alors que je parle, c'est que je suis en train de forcer. Je dois alors me concentrer sur l'appui de la respiration et la détente corporelle.

JE RETIENS

- Je dois prendre soin de moi et de ma voix en vue de mon Grand Oral.
- Je prends conscience que mon hygiène de vie au quotidien a un impact sur la qualité et la clarté de ma voix, y compris le jour de l'examen.

JE RÉVISE EN 6 ÉTAPES

1 L'introduction de ma présentation

Introduction : 30 secondes

Ma présentation 5 min → Mon échange avec le jury 10 min → Mon projet d'orientation 5 min

Qu'attend-on de moi pendant l'introduction de ma présentation ?

VIDÉO
La première partie de l'épreuve : la présentation

Pendant les 30 premières secondes de ma présentation, j'introduis mon sujet. Le jury attend de moi que je développe les deux points suivants :

1. Pourquoi ai-je choisi ce sujet ? Pourquoi est-il important pour moi et quelle résonance a-t-il dans le monde d'aujourd'hui ?

2. Quelle est la question précise que je me pose sur ce sujet ? Quel est mon plan ? Quelles sont les 2 ou 3 idées structurantes de mon argumentation ?

C'est pendant l'introduction que je donne une première impression à mon jury. Bien travailler ce premier moment, en m'assurant d'être calme et convaincant(e), c'est partir du bon pied !

1 J'établis le diagnostic de mon introduction

- Où en suis-je dans la préparation de mon introduction ?
- Je la répète, sur chacun de mes 2 sujets, en me filmant et en me chronométrant.
- Je visionne ma prestation et je m'auto-évalue :
  - Ai-je réussi à parler pendant environ 30 secondes ?
  - Ai-je répondu aux deux points attendus par le jury ?
  - Suis-je suffisamment clair(e) et convaincant(e) ? Est-ce que je marque des pauses ? Est-ce que je prends le temps de respirer ?

Si je parviens à concentrer mon introduction en une demi-minute environ, parfait ! Je peux passer au **3** pour travailler la respiration. Sinon, je la calibre (**2**).

2 Je calibre mon introduction à 30 secondes

A Si je suis trop long(ue)

- Je raccourcis mes phrases à rallonge.
- Je vise 1 à 3 phrases pour mes motivations, 1 à 3 phrases pour l'annonce du plan.

B Si je suis trop court(e)

- Je me donne comme repère de consacrer au moins 15 secondes aux raisons de mon choix et 15 secondes à l'annonce de mon plan.
- J'enrichis mon propos sur ma question à partir de mes rencontres, de mes expériences, des sources que j'ai mobilisées…
- Je m'assure que je ne parle pas trop vite et que je fais assez de pauses.

3 Je travaille ma respiration

⚠ Le jour de mon oral, je serai sous pression ; je risque de parler trop rapidement, sans observer de pauses, et de perdre le fil de ma pensée.

Je travaille donc à trouver une respiration libre, pleine et silencieuse (respiration costo-diaphragmatique) qui m'aidera à réguler mon stress.

VIDÉO

La bonne respiration pour l'oral

Voir le chapitre « Je prends appui sur ma respiration », p. 129.

4 Je reprends mon introduction en tenant compte de ma respiration

Je répète mon introduction plusieurs fois en veillant à l'impact de mes paroles :

- avant même de parler, j'expire par la bouche et laisse l'air revenir par le nez ;
- je dis ma première phrase. Je respire à nouveau ;
- je m'entraîne à dire mon introduction en prenant au moins 2 secondes pour respirer après chaque phrase. Je sens à la fin de chaque phrase mon diaphragme qui redescend.

5 Répétition générale

Je répète mon introduction en m'assurant : qu'elle dure bien 30 secondes ; que j'ai bien exposé les raisons du choix de mon sujet, la question que je me pose, ainsi que mon plan ; que j'ai respiré librement en m'appuyant sur les silences.

UN CONSEIL JUSQU'AU JOUR J

Tous les jours jusqu'au Grand Oral, je prends 3 minutes pour me concentrer sur ma respiration et vérifier que je suis bien en respiration libre et pleine.

2 Le développement de ma présentation

Développement : 4 min

Ma présentation 5 min	Mon échange avec le jury 10 min	Mon projet d'orientation 5 min

Qu'attend-on de moi pendant le développement ?

Je dispose de 4 minutes environ pour développer mon sujet : je réponds à ma question au moyen de 2 ou 3 idées fortes. Mon jury attend de moi que je conduise une argumentation personnelle, bien construite et raisonnée, debout, et en étant engagé(e) dans mon propos.

Pendant le développement, le jury sera particulièrement sensible à la qualité de mon argumentation. Travailler le développement, c'est d'abord travailler mes arguments, mais aussi la façon dont je les communique au jury.

1 J'établis le diagnostic de mon développement

Je m'entraîne à dire le contenu de mon argumentation, chronomètre en main :

- Est-ce que je tiens les 4 minutes ?
- Ai-je bien 2 ou 3 arguments maximum environ ? Sont-ils clairs et structurés ?
- Mes transitions fonctionnent-elles ?
- Mon attitude est-elle dynamique ?

Si je peux répondre positivement à toutes ces questions, je passe au **3** pour travailler mon attitude. Sinon, je calibre mon développement en 4 minutes et j'affine mes arguments et mes transitions (**2**).

2 J'affine mes arguments et mes transitions

- Pour chacun de mes 2 ou 3 arguments principaux, je vérifie que j'ai bien :
  - un titre (une phrase qui résume le message argumentatif) ;
  - une explication en 2 ou 3 phrases, qui me permet de développer mon argument ;
  - un exemple (un chiffre issu d'une étude scientifique, un fait d'actualité, une donnée, un témoignage, etc.).
- J'affine mes transitions : les transitions sont à mon argumentation ce que les articulations sont au corps humain. Elles en assurent la dynamique et la cohésion. Je m'assure que j'ai bien une phrase de transition pour passer de mon introduction à mon premier point, de mon premier point à mon second, etc.

3 Je travaille à adopter une attitude dynamique et ouverte

⚠ Le jour de l'examen, il est possible que je sois si concentré(e) sur le message que j'oublie de l'adresser à mon jury (poids du corps sur une jambe, buste affaissé, regard dans le vide, gestes parasites...). Or, c'est d'abord par l'énergie que je donne à mon propos que je capte l'attention de mes examinateurs. Cela passe par le dynamisme de ma posture, de ma gestuelle et par l'engagement de mon regard.

Voir les chapitres « Je dépasse les réflexes d'autoprotection », p. 106, « Je m'aide du regard », p. 115, « Je m'ancre dans le sol », p. 119, « Je trouve la bonne posture », p. 125.

4 Je m'engage physiquement dans mon argumentation

Je répète mes arguments un à un, debout face à un miroir.

VIDÉO

La bonne posture pour l'oral

- Avant de commencer à parler, je m'assure de la qualité de mon ancrage au sol (les deux pieds bien à plat, parallèles et dans l'axe) et de ma disponibilité corporelle.
- Je définis deux points face à moi correspondant à mes deux examinateurs le jour J : je veille à adresser chacune de mes phrases à l'un ou l'autre point, avec le regard.
- Quand j'adresse ma parole par le regard vers l'un ou l'autre point, je tourne aussi mon buste : je m'engage par le corps dans mon propos.

5 Répétition générale

Je répète mes 4 minutes de développement. Je me filme ou fais l'exercice devant un miroir (en pied de préférence). Je m'assure que :

- je tiens bien les 4 minutes ;
- chacun de mes arguments est clair, précis, et comporte un exemple ;
- je suis stable sur mes deux jambes, dynamique et ouvert dans ma posture ;
- mon regard est adressé ;
- mes gestes sont économes : choisis, précis et soutenus.

UN CONSEIL JUSQU'AU JOUR J

Tous les jours jusqu'au Grand Oral, je veille à ressentir le plus régulièrement possible à la fois l'ouverture et le dynamisme de la posture debout. Plus particulièrement, en situation de prise de parole, je porte mon attention sur la façon dont je me tiens : est-elle dynamique ? est-elle ouverte ?

3 La conclusion de ma présentation

Conclusion : 30 secondes

Ma présentation 5 min → Mon échange avec le jury 10 min → Mon projet d'orientation 5 min

Qu'attend-on de moi lors de ma conclusion ?

Ma conclusion, comme mon introduction, est un moment clé de ma présentation. Elle apporte la réponse à la question que j'ai posée en introduction. Elle met le sujet en perspective par rapport au monde qui nous entoure. C'est aussi la fin de mes 5 minutes de présentation initiale : j'ai intérêt à la rendre dynamique et impactante.

➜ Pendant la conclusion, ma capacité à trouver le tempo adéquat et à gérer le stress éventuel est primordiale pour terminer sur une bonne impression.

1 J'établis le diagnostic de ma conclusion

- Ma conclusion doit durer environ 30 secondes, soit l'équivalent de 3 ou 4 phrases.
- Je m'entraîne à la dire montre en main et je m'enregistre :
  - Est-ce que je tiens bien les 30 secondes ?
  - Ma conclusion résume-t-elle ma réponse à la question initiale ?
  - Est-elle dynamique, impactante ?
  - Est-ce que je perçois dans mon discours des signes de nervosité ?

Si je tiens bien les 30 secondes, parfait, je passe au 2. Sinon, je m'attache d'abord à travailler mon temps de parole.

2 J'affine le rythme de ma conclusion

Je porte une attention toute particulière à ma dernière phrase, à mes derniers mots. Ils sont porteurs de mon tout dernier message. J'évite ainsi de terminer sur une évidence, une idée faible. Je m'assure aussi de connaître exactement mes derniers mots pour ne pas finir en disant : « Voilà », qui signerait une maladresse.

3 Je prends en compte le stress de l'examen

⚠ Le jour de l'épreuve, je peux être sujet(te) aux symptômes parasites du stress (souffle court, gestes d'autocontact, débit trop rapide, scories du type « euh… », « en fait »). Ils peuvent affecter la clarté et l'engagement de mon propos.

VIDÉO
Je gère mon stress

Il est fondamental que je m'entraîne en amont du jour J à développer en moi les sensations du relâchement corporel et d'une respiration libre et pleine. Ainsi, la pression peut devenir stimulante et non plus paralysante !

Voir le chapitre « J'apprends à gérer le stress », p. 85.

4 Je marque une pause juste avant ma conclusion

- Afin de pouvoir retrouver de la disponibilité corporelle et mentale au moment de ma conclusion, je m'oblige à observer une pause de 3 à 5 secondes. Pendant ce temps de silence, je reviens à mon ancrage, à ma posture, à mon regard et à ma respiration. Le jury comprend ainsi que j'entame la fin de ma présentation.
- Puis je reprends ma présentation dans son ensemble, et je repère trois à cinq autres moments où je marque une pause équivalente.

5 Répétition générale

- En premier lieu, je m'entraîne à répéter ma conclusion, en me chronométrant. Je mémorise son parcours : bien la maîtriser me donne un vrai point d'appui pour les 5 minutes de présentation initiale, car je sais où je vais.
- Dans un deuxième temps, je répète l'ensemble de ma présentation initiale.
  - Le cas échéant, je m'entraîne à réaliser le support que j'utiliserai le jour J pendant mes 20 minutes de préparation.

Voir le chapitre « Mon support », p. 81.

  - Je me chronomètre, je m'enregistre et/ou je me filme puis je visionne ma prestation, sur chacun des 2 sujets (plusieurs fois si nécessaire). Je vérifie que j'ai bien tenu les 5 minutes, que mon débit est adapté, mon propos clair et convaincant, mon argumentation fluide, et que je maîtrise mon stress.

UN CONSEIL JUSQU'AU JOUR J

J'identifie les situations qui provoquent du stress en moi. Je prends chacune d'elles comme une opportunité pour m'entraîner à le maîtriser.

4 L'échange avec le jury : les questions sur ma présentation

Les questions sur ma présentation

Ma présentation 5 min → Mon échange avec le jury 10 min → Mon projet d'orientation 5 min

Qu'attend-on de moi lors de l'échange avec le jury concernant ma présentation ?

VIDÉO

La deuxième partie de l'épreuve : l'échange avec le jury à partir de la présentation

Le deuxième temps de l'épreuve est un échange de 10 minutes avec mes examinateurs, pendant lequel ils me questionnent à partir de ma présentation initiale.
Mon jury attend de moi que je précise et que j'approfondisse ma pensée, et que je puisse établir des connexions entre ma question et le monde qui m'entoure.

Cet échange sur ma présentation est l'occasion de réaffirmer ma présence à l'oral, notamment grâce à ma voix, qui doit toujours être audible. Je prépare donc ce moment autant que ma présentation !

1 J'aborde le temps d'échange avec la bonne attitude

L'échange avec mon jury est un moment différent de ma présentation. Il est important que j'adopte la bonne attitude pour le réussir au mieux.

- Ce n'est pas une interrogation, mais un dialogue. Mon jury n'a pas pour objectif de me piéger ! Je reçois chaque question avec bienveillance, sans me mettre sur la défensive. De nombreuses questions de la part du jury peuvent signifier que ma présentation a été stimulante et de qualité !

- Je montre aussi ma disponibilité à l'échange grâce à ma voix : j'adopte un ton clair, chaleureux, et je veille à ce que ma voix reste calme et posée.

Voir le chapitre « Je trouve la bonne posture », p. 125.

2 Je me donne trois règles pour bien répondre

- Je m'assure d'avoir bien compris chaque question ; je les reformule si besoin, avec mes propres mots.
- Je ne me précipite pas sur la réponse ; je prends le temps d'écouter la question jusqu'à la fin, et me laisse quelques secondes pour penser à ce que je vais dire.

- Ma capacité à réagir de façon pertinente aux questions du jury et à exploiter la situation d'interaction sera valorisée. Je n'hésite pas à sortir du rôle de l'élève qu'on interroge pour rebondir sur une question : « Votre question me fait penser à un exemple particulièrement intéressant sur ce sujet... »

3 J'anticipe 10 questions possibles sur ma présentation

- J'anticipe l'échange sur ma présentation en imaginant 5 questions qu'on pourra me poser sur mon sujet :
  - Y a-t-il une question évidente que ma présentation pourrait susciter ?
  - Quelle serait *la* question que je n'aimerais pas que l'on me pose ?
- Je demande à une tierce personne d'imaginer 5 autres questions à me poser sur mon sujet.

Voir le chapitre « Je prépare l'échange avec le jury », p. 70.

4 Je travaille ma voix pour soutenir mon propos dans l'échange

Le danger le jour de l'examen ? Que je subisse l'échange et les questions, et que ma voix soit peu audible, monotone et non adressée.
Pour éviter cela, j'utilise mon regard comme rail pour ma voix, je travaille régulièrement mon souffle et je soutiens ma voix jusqu'à la fin de chaque phrase, jusqu'à la dernière syllabe.

Voir le chapitre « Je veille à être audible », p. 146.

5 J'applique ce travail au temps de l'échange avec le jury

Je me pose à moi-même les questions anticipées en 3 et j'y réponds. Je m'amuse à adopter le ton que j'imagine être celui de mon jury pour poser les questions. Je m'enregistre. Ma voix est-elle différente, plus assurée ? J'en profite pour travailler ce registre vocal-là. La qualité de ma voix contribue à l'efficacité et à la crédibilité de mon propos.

UN CONSEIL JUSQU'AU JOUR J

Quand je prends la parole en public, je m'assure que je soutiens ma voix avec le souffle, pour être entendu(e) jusqu'au bout de ma pensée.

5 L'échange avec le jury : les questions sur mon enseignement de spécialité

Les questions sur mon enseignement de spécialité

Ma présentation
5 min

Mon échange avec le jury
10 min

Mon projet d'orientation
5 min

Qu'attend-on de moi lors de l'échange sur mon enseignement de spécialité ?

Lors du deuxième temps de l'épreuve, mon jury évalue aussi la solidité de mes connaissances sur le programme de Première et de Terminale de ma spécialité en lien avec ma question et mon exposé. Je dois montrer comment je parviens à mettre les savoirs acquis au service d'une argumentation.

VIDÉO

La deuxième partie de l'épreuve : l'échange avec le jury à partir de la présentation

Durant ce temps d'échange, les silences sont de réels points d'appui : ils m'aident à mettre en valeur mes idées et à trouver le bon rythme dans l'échange. Je ne dois pas en avoir peur !

1 Je révise les 10 points clés de ma spécialité en lien avec ma question

Le deuxième temps de l'échange n'a pas vocation à devenir un interrogatoire de connaissances. Mes examinateurs peuvent m'interroger sur tout aspect de mon enseignement de spécialité, à condition toutefois, qu'il soit lié à mon exposé initial.

- Pour bien me préparer, je liste sur une feuille 10 points clés du programme de spécialité liés à ma question.
- Je prépare des fiches d'une page sur chaque point clé avec l'essentiel à retenir. Je peux utiliser des couleurs pour que ce soit plus lisible. Je complète les fiches au fur et à mesure de l'année.
- Pour réviser, je relis les fiches le plus régulièrement possible.

2 J'anticipe 5 questions possibles

- J'imagine 5 questions que le jury pourrait me poser sur ma spécialité en lien avec ma question.
- Je prépare à l'écrit des réponses à ces questions.

3 J'apprivoise le silence

Le jour de mon oral, le fait d'être « sous le feu » des questions risque de me faire perdre mon sang-froid. Je peux être amené(e) à me précipiter sur mes réponses et à ne plus prendre le temps de faire des pauses.

Le silence dans la prise de parole est autant un espace pour moi (pour chercher le mot juste, marquer une transition) que pour l'autre (pour permettre à mon jury de recevoir ce que je viens de dire).

VIDÉO

Poser sa voix

Voir le chapitre « Je prends appui sur les silences », p. 135.

4 Je m'entraîne à l'échange avec un jury blanc

Je m'entraîne avec mon (ma) camarade :

- Mon (ma) camarade me pose les questions que j'ai préparées.
- L'échange dure 10 minutes. J'expérimente les différents usages du silence :
  - celui où j'écoute de façon active les questions de l'examinateur. Je fais le vide en moi : j'essaie de bien comprendre ce qu'on me demande sans me précipiter, en restant naïf face à la question ;
  - celui où je prends le temps de réfléchir à ma réponse ;
  - celui où je respire pour trouver le meilleur appui en moi ;
  - celui où je mets une idée, un mot en valeur.
- Après l'échange, je demande à mon (ma) camarade si mes réponses étaient claires, concises, et si j'ai approfondi et précisé mes arguments.

UN CONSEIL JUSQU'AU JOUR J

J'imagine le maximum de questions possibles sur mes enseignements de spécialité en lien avec mes deux questions. En parallèle, j'affine l'usage que je fais des silences lorsque je prends la parole.

6 L'échange avec le jury sur mon projet d'orientation

Mon orientation

Ma présentation 5 min → Mon échange avec le jury 10 min → Mon projet d'orientation 5 min

Qu'attend-on de moi lors de l'échange sur mon projet d'orientation ?

Lors du troisième et dernier temps de l'épreuve, j'expose mon projet d'orientation et j'en discute avec le jury. J'explique dans quelle mesure ce projet est lié au sujet de mon oral. Pour mes examinateurs, c'est l'occasion d'évaluer ma curiosité intellectuelle, mes motivations et ma capacité à exprimer une réflexion personnelle. Pour moi, c'est l'opportunité de m'assumer comme citoyen(ne) du monde et de conduire un échange constructif pour mon avenir.

VIDÉO

La troisième partie de l'épreuve : l'échange avec le jury sur le projet d'orientation

C'est la dernière étape de mon Grand Oral : j'ai tout intérêt à la rendre la plus dynamique possible, en donnant de la vie à mon propos. Je m'assure ainsi de terminer sur une note personnelle, positive et engagée.

1 Je dis où j'en suis de mon projet d'orientation

- Mon jury attend que j'ouvre ce troisième temps par un exposé clair de mon projet.
- Je m'entraîne à le présenter pendant 1 minute environ et je m'auto-évalue : mon projet est-il clairement défini ? est-ce que j'établis bien le lien avec le sujet de mon oral ? est-ce que j'exprime mes motivations en étant engagé(e) et convaincant(e) ?

J'aurai peut-être besoin de mieux calibrer cette première intervention (2) avant de préparer l'échange qui suivra (3).

2 Je calibre ma présentation

Si ma présentation est trop longue ou trop courte, je vérifie que j'ai bien consacré :

- De 30 secondes à 1 minute à l'exposé de mes souhaits. Comment mes choix se sont-ils construits (rencontres, stages, témoignages…) ? Comment ont-ils influencé mon parcours jusqu'à présent (ma spécialité, mon sujet) ?
- De 30 secondes à 1 minute aux moyens que je me donne dans les 2 ans à venir pour renforcer mes chances de succès.

3 Je prépare le temps d'échange sur mon projet

- Je prépare un oral blanc :
  - j'imagine 5 questions que le jury pourrait me poser sur mon projet d'orientation et j'imagine mes réponses ;
  - je demande à un(e) camarade de classe de réfléchir à 5 autres questions qu'il (elle) pourrait me poser sur mon projet. Il (elle) les prépare sans me les dévoiler.

- Je prépare aussi des matériaux pour l'échange avec mon jury. Le Grand Oral est une épreuve de maturité. Je définis trois qualités que je possède et trois autres que je souhaite développer pour être actif(ve) dans le monde de demain.

Voir le chapitre « Je prépare l'échange avec le jury », p. 70.

4 Je travaille à rendre mon propos vivant

⚠ À l'oral, sous l'effet du stress, mon ton risque d'être monocorde, sans changement dans le débit ou les intonations. L'écoute sera plus difficile pour mon jury.

Tout au long de mon oral, mais particulièrement dans ce dernier moment, je veille à donner du sens à ce que je dis en variant le ton, ma vitesse d'élocution et sa précision, en jouant des silences, en insistant sur tel ou tel mot, en insérant une formule interrogative dans mon propos. Je suis l'interprète de mon discours, à moi d'être engagé(e) dans ma prise de parole et de montrer de la force de conviction !

Voir le chapitre « Je rends mon propos vivant », p. 151.

5 Répétition générale

- Face à un jury blanc (composé de deux camarades de classe ou de personnes de mon entourage), je m'entraîne à exposer mon projet d'orientation, puis à répondre aux questions préparées en 3 pendant 5 minutes.

- Ensuite, je m'auto-évalue : l'échange a-t-il bien duré 5 minutes ? mon projet d'orientation est-il bien défini et réalisable ? ai-je été pertinent(e) dans mes réponses au jury ? ai-je su aussi mener l'échange ? mon propos est-il vivant, rythmé ? a-t-il du sens ?

UN CONSEIL JUSQU'AU JOUR J

À chaque fois que j'écoute parler quelqu'un, je suis attentif(ve) aux changements de rythme, à la vie du discours. Je répète de telles techniques pour affermir la qualité de mon oral.

Je m'entraîne à J-3

1 Le jour J-3

Je révise mes deux présentations

J-3 → J-2 → J-1 → J

VIDÉO

Je m'entraîne en 3 jours

L'objectif de ma première journée

Être au point sur mes deux présentations de 5 minutes.

Méthode

1. Après un travail préparatoire, je prévois un premier oral blanc (sur chaque sujet) le matin et un second en fin de journée.

2. En vue de l'examen, je termine ma journée avec deux exercices de relaxation.

1 Je reprends ma présentation

- Sur chaque sujet, je reviens à l'essentiel :
  – Quelle est ma question (en une phrase) ?
  – Quelle est ma réponse, mon « cœur de message » (en une phrase) ?
- Je mémorise le parcours de ma présentation :
  – Je relis trois fois la structure de mon propos ;
  – Je m'imprègne particulièrement des messages principaux auxquels je relie un exemple et des transitions ;
  – Pour réviser, je peux aussi commencer par la fin : je mémorise la conclusion, puis la conclusion et la dernière partie de mon plan, etc.
- Pour terminer mon travail préparatoire, j'imagine que je croise une personne dans un ascenseur. J'ai 2 minutes pour lui exposer l'essence de mon propos.

Voir le chapitre « Je mémorise ma présentation », p. 65.

2 Je passe devant un jury blanc

A Je me prépare dans les conditions de l'épreuve

- Je prépare mes oraux blancs, seul(e), à l'écrit, assis(e) à une table, pendant 20 minutes.
- Le cas échéant, je m'exerce à composer le support que je peux utiliser comme aide-mémoire ou montrer au jury pour illustrer mon propos.

B Je répète mes deux présentations

- Le matin et l'après-midi, j'expose mes deux présentations de 5 minutes devant un jury d'une ou deux personnes (camarades ou membres de mon entourage…).

- Je parle debout sans notes pour m'entraîner à être dynamique et pour vérifier ma bonne compréhension et mémorisation de mon exposé.
- Si je n'ai personne pour jouer le rôle du jury, je me filme et/ou je m'enregistre.

C Je m'évalue avec mon jury

- Après ma présentation, je demande à mon jury de répondre aux questions suivantes :
  - Ai-je bien parlé pendant 5 minutes ?
  - Mon message est-il clair ? Peut-on le résumer en 3 phrases au maximum ?
  - Mon argumentation est-elle structurée et cohérente ?
  - Suis-je engagé(e) physiquement dans mon propos ?
  - Ma voix est-elle calme, posée, et variée dans ses couleurs et ses intonations ?
  - Est-ce que je parle distinctement ? Est-ce que je joue des regards et des silences ?
- Le jury m'évalue : quels sont les points forts ? Que puis-je améliorer ?
- Si je n'ai pas de jury, je m'évalue en visionnant ou en écoutant ma présentation.
- Je choisis un point de progression spécifique (phrases concises, usage des exemples, silences, regard, respiration...). Demain, à J-2, je me concentrerai sur cet aspect pour m'améliorer.

⚠ **Je répète, une à deux fois par jour, chacune de mes présentations à J-2 et J-1.**

CONSEILS POUR SE RELAXER

Exercice 1 Je me visualise lors de ma présentation — 5 min

1. Je m'imagine en situation d'examen : ma préparation de 20 minutes, mes premiers mots face au jury... J'anticipe ainsi mon éventuelle nervosité.

2. Je me réfère à la vidéo « Le jour J » pour me projeter dans les différents moments de l'épreuve.

VIDÉO
Le jour J

Exercice 2 La bouée — 3 min

1. Allongé(e), les jambes et les bras à plat, j'imagine que je flotte sur l'eau.

2. J'inspire à fond par le nez et je me remplis d'air.

3. Je laisse ensuite l'air partir lentement, entre mes lèvres. Au fur et à mesure que l'air quitte mon corps, je me sens de plus en plus lourd(e) et j'imagine la sensation du contact avec l'eau.

4. Je répète la séquence cinq fois.

2 Le jour J-2

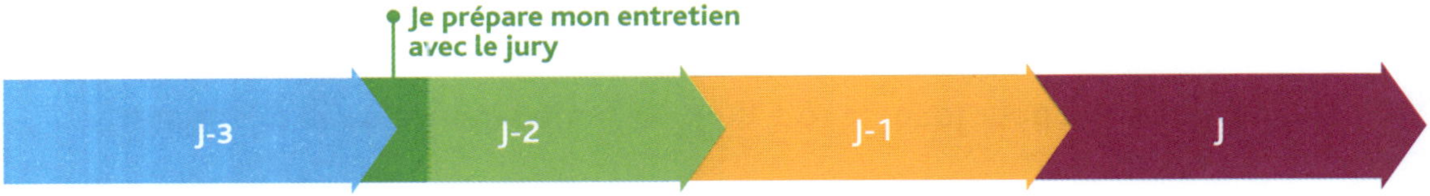

L'objectif de ma deuxième journée

Je répète les deux parties de l'oral consacrées à l'échange avec le jury sur ma présentation, mon/mes programme(s) de spécialité et mon projet d'orientation professionnelle.

VIDÉO

Je m'entraîne en 3 jours

Méthode

1. Je consacre la première demi-journée à m'entraîner à la première partie de l'échange avec le jury (sur la présentation et ma/mes spécialité(s)).

2. L'après-midi, je travaille sur la dernière partie de l'épreuve (sur mon projet d'orientation). Je finis par des exercices de relaxation.

1 Je prépare l'échange sur ma présentation et ma/mes spécialité(s)

A Travail préparatoire

Pour me préparer sur mes deux sujets, je définis :

- 5 questions que le jury pourrait me poser sur ma présentation ;
- 10 chiffres et/ou mots-clés sur mes programmes de spécialité en lien avec mes sujets ;
- un aspect du programme que j'aime et que je maîtrise particulièrement bien en lien avec mon sujet ;
- le domaine du programme en lien avec mon sujet que je maîtrise le moins. Je le révise particulièrement.

B Devant un jury blanc

- Une fois effectué ce travail de préparation, je m'exerce à répondre aux questions d'un jury blanc, pendant 10 minutes. Le jury reprend les questions préparées à l'étape précédente. Il peut en ajouter d'autres s'il le souhaite.
- Si je n'ai pas de jury, je me filme en train de répondre aux questions préparées que je tire au sort.
- Je m'évalue (seul(e), ou avec mon jury si j'en ai un) :
  - Ai-je bien répondu à toutes les questions ? Y en a-t-il qui m'ont posé problème ?
  - Mes réponses sont-elles claires et suffisamment brèves ?
  - Suis-je engagé(e) dans mon propos et dans l'échange ?

2 Je prépare l'échange sur mon projet d'orientation

A Travail préparatoire

Je consacre l'après-midi de ce deuxième jour à préparer la partie de l'épreuve où j'échange avec le jury sur mon projet d'études supérieures et/ou professionnel :

- Je définis mon projet en 30 secondes et 3 phrases au maximum ;
- En 2 ou 3 phrases, j'explicite en quoi le sujet de mon Grand Oral accompagne mon questionnement sur mon orientation ;
- Je présente 3 étapes de réalisation très concrètes pour le faire aboutir : un stage particulier, un job d'été, une personne à rencontrer, un travail de recherche à constituer… ;
- Je prépare 5 questions que le jury pourra me poser sur mon projet le jour J et j'y réponds.

B Devant un jury blanc

- Pendant 5 minutes, je détaille les étapes de mon projet devant un jury blanc et je réponds aux questions.
- Si je n'ai personne autour de moi pour jouer le rôle du jury, je me filme en train de présenter mon projet et de répondre aux questions préparées que je tire au sort.
- Je m'évalue :
  – Par rapport au jour précédent, ai-je progressé dans ma prise de parole ?
  – Ai-je exposé mon projet de façon claire et sincère ?

CONSEILS POUR SE RELAXER

Exercice 1 Je me visualise lors de l'échange avec le jury — 5 min

Je m'imagine dans la situation de l'examen, en train d'échanger avec le jury, de répondre à ses questions sur ma présentation, mes connaissances du programme de spécialité et mon projet d'orientation.

VIDÉO
Le jour J

Exercice 2 Le sable — 3 min

1. Allongé(e) sur le dos, les jambes et les bras à plat, j'observe ma respiration.
2. J'imagine que mon corps est rempli de sable.
3. À chaque expiration, je me concentre sur la sensation de ce sable qui se vide de mon corps : d'abord de ma tête (à la première expiration), puis de mon cou (à la deuxième expiration), de ma poitrine, de mon ventre, etc., jusqu'à mes pieds.

3 Le jour J-1

L'objectif de ma troisième journée

Je me rends disponible pour l'examen du lendemain.

VIDÉO

Je m'entraîne en 3 jours

Méthode

1. Je consacre la première demi-journée à vérifier ma maîtrise de mes deux présentations, comme un échauffement.

2. Je conserve la deuxième demi-journée libre pour me détendre, respirer et me donner de l'espace.

1 Le matin

- Je révise la structure de mes deux présentations :
  – je réécris le plan de mes 5 minutes de présentation sur chaque sujet ;
  – je rédige de mémoire mon introduction et ma conclusion ;
  – je liste mes idées en les séparant de mes exemples ;
  – je me remémore mes transitions ;
  – je répète mes 2 présentations initiales de 5 minutes intégralement.

- Je me récite mentalement ou à voix haute l'essentiel de chacune de mes deux présentations, en 30 secondes et en 3 phrases au maximum. Je teste ma flexibilité et la maîtrise de mon chemin de mémorisation.

- Je me pose 5 nouvelles questions sur ma présentation (sur chacun des deux sujets), je les tire au sort et j'y réponds.

- Je peux aussi choisir de relire mon carnet de bord sur chaque sujet pour nourrir mes réponses dans le temps de l'échange avec le jury (→ p. 50).

- Je révise les 10 chiffres, connaissances et/ou mots-clés sur le ou les programmes de spécialité sur lesquels je peux être interrogé(e) : je demande à un(e) camarade de me tester du tac au tac sur les points du programme liés à mon sujet, sous forme de quiz (au téléphone, par exemple).

- Je révise un domaine du programme de spécialité lié à ma question que j'aime particulièrement et un autre que j'aime moins. J'insiste particulièrement sur celui-là.

- Je m'entraîne à résumer mon projet d'orientation en 30 secondes chrono.

2 L'après-midi

A Je prévois une demi-journée de relâche

- Je m'assure que je suis bien reposé(e). Si besoin, je fais une sieste dans l'après-midi.
- Je m'adonne à une activité physique, je vais me promener, je fais la cuisine…
- Je résiste surtout à la tentation de la révision de dernière minute et à la panique. Je dois me consacrer à ma disponibilité mentale et à mon bien-être physique.

B Je planifie les détails pratiques pour le lendemain

- Je vérifie le temps qu'il me faudra pour me rendre sur les lieux de mon épreuve.
- Je vérifie que les transports fonctionnent bien.
- Je prépare mes affaires pour le lendemain, les vêtements que je porterai (→ p. 183 et 186).
- Je planifie mon tempo du lendemain : si mon oral est prévu l'après-midi, je prévois un temps tranquille le matin, afin de gérer la pression de l'examen.

3 Le soir

- Cela semble aller de soi : la veille, il faut se coucher tôt.
- Mieux vaut prévoir de dormir une heure de plus que d'entamer une révision de dernière minute, en catastrophe la veille au soir : cette révision cloisonnerait mon esprit en faisant de ma présentation initiale l'essentiel de l'épreuve et me rendrait moins disponible aux questions du jury lors de l'échange qui suivra.
- Ma disponibilité mentale et physique lors de l'épreuve, ma réactivité sont plus importantes qu'un chiffre ou un détail que je n'aurais pas appris par cœur.

CONSEILS POUR SE RELAXER

Exercice Le vent dans les pins — 3 min

1. Allongé(e), les jambes et les bras à plat, j'écoute le bruit de ma respiration.
2. À chaque expiration, j'imagine que le son de l'air qui quitte mes poumons est le murmure du vent dans des pins, que ma respiration est le vent, et mes côtes les branches des arbres : le souffle les caresse, comme une douce brise.
3. Je m'imprègne de cette image et veille à ralentir le rythme de ma respiration.

4 Le jour J

Je me concentre

J-3 | J-2 | J-1 | J

Le jour de l'examen est enfin arrivé !

Aujourd'hui, je valide une compétence pour la vie – parler en public –, comme la natation ou le brevet de secourisme.

VIDÉO

Le jour J

Je me suis entraîné(e) toute l'année et là, je franchis une étape en étant évalué(e) par des professionnels. Les grands sportifs ont un plan qu'ils appliquent. Le jour J, ils ne pensent plus à l'objectif, ils se concentrent sur le plan.

Voici 9 conseils pour bien aborder ce moment qui vient couronner mon travail ainsi que l'ensemble de mes études secondaires !

1 Je reste à l'écoute de mes symptômes de stress

- Le jour J, je reste calme et concentré(e) :
  - Dès le lever, je pratique des exercices de respiration pour commencer la journée du bon pied !
  - Je pratique la technique de la visualisation pour anticiper chaque étape de l'examen.

2 Tout au long de la journée, je prends mon temps

- Je prévois large, en fonction de l'heure de ma convocation, pour ne pas avoir à me presser. Je planifie le(s) repas, la préparation avant de partir, celle de mes affaires.
- Si l'oral a lieu le matin, je me lève suffisamment tôt. Je prends le temps de m'échauffer et de réveiller ma voix par de petits exercices très simples.

Voir le chapitre « Je veille à être audible », p. 146.

- Je prévois du temps en plus pour me rendre sur les lieux de l'examen. Mieux vaut arriver en avance qu'en retard, pour pallier tout problème dans les transports.

3 Au(x) repas, je m'alimente légèrement

Mauvaise idée d'aller à mon oral le ventre vide, même si je suis stressé(e) !
Pour le petit déjeuner : j'évite de boire trop de café. Pour le déjeuner : je privilégie des légumes, de la viande blanche, du poisson. Une salade et un fruit pour le dessert, parfait !

4 Je choisis des vêtements adaptés

Je privilégie des vêtements confortables et sobres, respectueux et élégants sans trop en faire. Surtout, je porte ceux dans lesquels j'ai l'habitude de bouger. La fausse bonne idée : porter des vêtements neufs le jour de l'oral !

5 Je rassemble les affaires dont j'aurai besoin pour l'examen

À l'examen, on me demandera ma pièce d'identité et ma convocation. Je prends de quoi écrire (et un stylo de rechange, au cas où). Je prévois une bouteille d'eau, et peut-être une barre de céréales ou un fruit pour me redonner de l'énergie.

6 Je prends du temps pour me préparer avant de partir

Avant de quitter mon domicile, je prévois 10 à 15 minutes pour me préparer :

- Physiquement : je fais quelques étirements et un exercice de respiration. Pendant 5 secondes, je suspends mon souffle après avoir inspiré, puis je le relâche pendant 5 secondes. Je bâille, détends ma mâchoire et laisse sortir ma voix.
- Mentalement : je me restitue le chemin de mémorisation de mes deux présentations initiales, en 2 minutes chrono.

7 Je me détends juste avant d'entrer dans la salle d'examen

Si je suis stressé(e) devant la salle d'examen, je prévois un rituel pour rester calme. Je me concentre sur ma respiration. Je dis le mot « res-pi-ra-tion » lentement dans ma tête, en inspirant par le nez, je le redis en laissant l'air partir entre mes lèvres.

8 J'accueille avec la même humeur mes deux sujets

J'ai peut-être un sujet de prédilection. Si je tombe sur l'autre sujet, je le prends comme l'opportunité de m'améliorer en sortant de ma zone de confort.

9 Je prends du plaisir !

- J'ai investi de mon temps et de mon énergie pour préparer ce moment. Je peux, face à un jury qui me prête son attention, m'exprimer personnellement sur des sujets auxquels je tiens et avoir une discussion constructive pour mon avenir.
- Si je ressens du stress pendant l'épreuve, je me laisse le temps de respirer, de ralentir mon expiration. Si j'éprouve une difficulté particulière, je peux la verbaliser. Cela peut m'aider à retrouver la bonne distance.

QUESTIONS-RÉPONSES

1 Avant l'épreuve

Que veut dire « bien parler » ?

« Bien parler », c'est une notion floue. Le jour de mon Grand Oral, en tous les cas, je serai évalué(e) sur « ma capacité à prendre la parole en public de façon claire et convaincante » (ainsi défini par les textes officiels).

Prendre la parole de façon claire, c'est déjà **avoir les idées claires**. Je dois donc bien réfléchir au préalable à ce que je veux dire.

Parler de façon convaincante, c'est m'engager dans mon propos, physiquement : en adressant la parole à mon jury, avec mon regard, mes gestes, et en donnant vie à mes mots grâce à ma voix et à l'usage des silences.

« Bien parler » n'est pas un don, c'est une technique. Et comme toute technique, ça se travaille ! D'abord pour réussir mon Grand Oral, bien sûr. Mais savoir prendre la parole en public de façon claire et convaincante est une compétence, essentielle dans la vie professionnelle et sociale, que j'acquiers pour toute la vie.

Comment dois-je m'habiller ?

La question de mon apparence physique est importante à l'oral. Le code vestimentaire participe aussi de la première impression que mon jury se fait de moi.

Pour mon Grand Oral, j'ai intérêt à d'abord choisir des **vêtements confortables, dans lesquels je me sens à l'aise**, libre de mes mouvements, de mes gestes et de ma respiration.

Je privilégie des **habits sobres**. Le costume cravate est aussi peu recommandé que le tee-shirt à tête de mort ! Un bon repère est de penser à ce que je porterais pour une première rencontre avec des personnes auxquelles je souhaite faire bonne impression.

Il peut être intéressant de m'habiller différemment qu'à l'ordinaire, de façon un peu plus soignée. Cela peut m'aider à me mettre dans la peau de la personne confiante, engagée et convaincante que j'ai envie d'être avec mon jury lors de mon oral.

Que dois-je prévoir d'apporter comme affaires ?

Le jour du Grand Oral, j'aurai besoin de :

- **Ma convocation** et ma pièce d'identité.
- La feuille comportant **les 2 questions que j'ai choisies** pour mon oral, signée par le(s) professeur(s) de mon (mes) enseignement(s) de spécialité et portant le cachet de mon établissement d'origine.
- **Des stylos** pour écrire (deux plutôt qu'un seul, en cas de panne d'encre).
- **Ma montre**, ou une petite horloge portable, un chronomètre ou un minuteur. Attention, le téléphone portable est interdit. Je m'assure néanmoins de prendre un objet au mécanisme silencieux pour ne pas perturber ma concentration ni l'attention du jury.
- **Une gourde** remplie d'eau pour m'hydrater si j'ai la gorge sèche.
- Un fruit, **une barre de céréales** ou un morceau de chocolat pour me recharger au cas où.

Dans quel(s) cas ai-je droit à des aménagements ?

Les textes officiels prévoient qu'en cas de troubles (du langage oral ou de la parole, des fonctions auditives, motrices ou psychiques...), je peux demander des aménagements spécifiques lors de l'épreuve du Grand Oral.

Ils peuvent consister en :

- Une adaptation du temps de préparation ou de passage, ou une pause durant l'épreuve (qui sera déduite du temps de passage).
- Des aménagements de l'espace (pour l'accès aux locaux ou dans la salle elle-même).
- L'utilisation d'une tablette ou d'un ordinateur équipé d'un logiciel spécifique (mais vidé de ses dossiers et hors connexion Internet).
- La présence d'une personne maîtrisant, par exemple, la langue des signes – de préférence un des deux membres du jury, ou sinon, un(e) interprète extérieur(e).
- L'usage de transcriptions écrites pour la présentation et l'échange sur le projet d'orientation.

D'autres mesures pour favoriser les échanges avec le jury peuvent être prises en conformité avec la réglementation en vigueur. Dans tous les cas, on veillera à s'adapter avec bienveillance à ma situation personnelle de handicap en adéquation avec les objectifs de l'épreuve. Il est nécessaire de vérifier longtemps à l'avance que son cas particulier est pris en compte, de façon que les aménagements soient anticipés.

2 Lors de l'épreuve

Comment gérer mon temps durant l'examen ?

Le jour J, **je n'ai pas droit au téléphone portable**. Aussi, **je n'oublie pas ma montre**. Je peux également utiliser un **minuteur** ou tout autre objet m'indiquant le temps. Je m'assure de le mettre en mode silencieux pour éviter un tic-tac parasite ou une sonnerie à l'issue du décompte du temps.

Pendant les 20 minutes de préparation, je veille à réserver une partie de mon temps à mon exposé, une autre au support que je prévois d'utiliser si je choisis cette option.

Pendant l'exposé, je contrôle régulièrement sur ma montre que je reste dans le bon tempo. Au besoin, j'adapte mon propos pour respecter le timing.

Voir les chapitres « J'organise ma préparation le jour J », p. 77, et « Mon support », p. 81.

Quelle attitude adopter face au jury ?

C'est autant le jury que moi-même qui définissons l'atmosphère dans laquelle va se dérouler mon oral ! Dès la prise de contact, j'adopte une attitude ouverte, polie et bienveillante : je salue mes examinateurs en entrant, en leur disant « Bonjour Madame, bonjour Monsieur » ou « Bonjour Mesdames », etc.

Les temps 2 et 3 de l'épreuve sont des temps d'échange. Ce n'est pas un interrogatoire ! Je peux attendre de la bienveillance de la part de mes examinateurs ; en retour, je demeure **ouvert(e), souriant(e) et respectueux(se)**. Je soigne mon niveau de langue, en employant un vocabulaire adapté. **J'évite absolument le registre familier** (« ouais », « ok »...), l'argot et les tics de langage (« du coup », « en fait »...).

Mais je reste détendu(e) et me laisse l'opportunité d'un ton léger ou d'un trait d'humour (fin).

En sortant, je remercie mes interlocuteurs, et je leur dis « Au revoir ».

Que faire de mes mains pendant la présentation initiale ?

Pendant la présentation initiale, je dois me tenir debout devant le jury. Mais comme je me sentirai exposé(e), j'aurai tendance à mettre mes mains dans mon dos ou mes poches, ou à me tenir les bras croisés... Je pourrai aussi à l'inverse ressentir l'envie de les utiliser en permanence, et alors de faire trop de gestes, de « gesticuler »... Je garde à l'esprit que la gestuelle est là pour structurer et amplifier mon propos. Elle se répète aussi avant le jour J.

Le conseil ? **Je laisse mes mains au bout de mes bras !** C'est en réalité la position de mes épaules qui affecte l'axe des bras et des mains : si j'ai les épaules rentrées en avant, sous l'effet du stress, les mains tombent devant sur les cuisses. Si ma poitrine est ouverte et détendue, j'ai les bras connectés au tronc et au reste du corps, disponibles pour développer ma gestuelle.

Je privilégie des gestes d'ouverture, précis (jusque dans la forme de ma main) et impliquant l'ensemble de mon corps (main, bras, épaule, buste). Je les choisis à l'économie, ils viennent renforcer tel ou tel point de mon propos sans être omniprésents.

Voir le chapitre « Je dépasse les réflexes d'autoprotection », p. 106.

Comment gérer les questions du jury ?

Si je ne comprends pas une question du jury, j'essaie de la clarifier. J'use alors de formules respectueuses : « Je ne suis pas sûr(e) d'avoir bien compris/entendu votre question. » Je peux aussi la reformuler avec mes propres mots : « Vous me demandez... »

Si je suis déstabilisé(e) par une question à laquelle je n'ai pas la réponse, je réponds sur un aspect plus général qui englobe la question qu'on me pose, ou sur un aspect plus particulier que je maîtrise, en lien avec elle. Je montre ainsi que je suis prêt(e) à affronter la difficulté. Si je ne connais pas la réponse, je l'assume et je réponds en conséquence. Savoir dire « Je ne sais pas » est l'indice d'une honnêteté intellectuelle.

Voir le chapitre « Je prépare l'échange avec le jury », p. 70.

Que faire de mes mains pendant l'entretien avec le jury ?

Lors de l'entretien avec le jury qui suit ma présentation, **j'ai la possibilité de m'asseoir**. Je garde mes bras et mes mains disponibles pour appuyer mon propos, en engageant mon corps entier, de la même façon que si j'étais debout.

Que faire en cas de panique ?

L'essentiel en cas de stress est de **rester concentré(e) sur moi**. Comme l'a dit Stéphane Diagana, champion du monde d'athlétisme : « La performance se fait dans son couloir. »

- La fondation pour retrouver appui en moi reste **la respiration** : en ressentant l'ancrage au sol et la connexion de tout mon corps des pieds à la tête, je compte 5 secondes pour expirer, puis je laisse l'air revenir de lui-même. Je le fais en assumant une vraie pause, en gardant le contact visuel avec les membres du jury. Je peux même partager ce moment avec eux ! La bonne gestion d'un coup de stress est un signe de maîtrise.
- **Je remets de l'énergie dans mon propos**, dans ma présentation ou dans l'échange : j'investis l'énergie du stress dans mon engagement et ma conviction plutôt que de la garder sous forme de tension en moi. C'est une transformation positive !

Voir le chapitre « J'apprends à gérer le stress », p. 85.

Que faire si j'ai un trou de mémoire ?

Ne plus savoir ce que l'on va dire, cela peut arriver à tout le monde : aux membres du jury, aux orateurs, mais aussi aux acteurs, aux chanteurs, qui peuvent oublier leurs paroles… !

- Première règle : **je ne panique pas**. Le trou de mémoire fait partie de la vie de la parole.
- **J'observe une pause.** Je me laisse le temps de respirer, et je donne l'opportunité à mon jury de faire de même. Je laisse quelques secondes à mon esprit pour lâcher prise, sans chercher à tout prix à retrouver l'idée suivante. Il est possible qu'elle revienne d'elle-même, grâce à cette pause.
- Si ce n'est pas le cas, **je visualise la structure de mes 5 minutes de présentation** : où en étais-je dans le cheminement de ma pensée ? Après l'introduction ? Près de la conclusion ? À la fin du premier point de mon développement ? Je refais ainsi très rapidement dans ma tête le chemin parcouru.
- Autre solution : **je passe à l'idée suivante**. Ce que je voulais dire me reviendra sans doute au cours de l'échange qui suivra.
- Il y a encore la possibilité, sans en abuser, **de dire tout simplement que l'on a un trou de mémoire**. Le verbaliser peut m'aider à retrouver la bonne distance et à faire baisser la pression. Le jury choisira sans doute de me relancer par une question ou en prenant appui sur le support que je lui aurais éventuellement remis. Il n'y a rien de rédhibitoire à cela. Je respire et je repars !

RÉALISATION
Couverture : Manon Guérin
Mise en pages : Audrey Izern
Dessins : Anne-Gaëlle Poirier
Relecture : Isabelle Macé et Jean-Pierre Leblan
Édition : Élisabeth Sanchez

CRÉDITS PHOTOGRAPHIQUES
Couverture : Shutterstock/Dean Drobot
Intérieur : p. 7 : Shutterstock/Viachaslau Govorkov **p. 9 :** Shutterstock/Fizkes **p. 13 :** Shutterstock/Monster Ztudio **p. 17 :** Shutterstock/Viktoria Kurpas **p. 19 :** Shutterstock/sondem **p. 40 :** Shutterstock/Roman Samborskyi **p. 46 :** Shutterstock/BigTunaOnline **p. 51 :** Shutterstock/Lightspring **p. 56 :** Shutterstock/Joe Techapanupreeda **p. 58 :** Shutterstock/fokke baarssen **p. 60 :** Shutterstock/frankie's **p. 63 :** Shutterstock/ Shebeko **p. 65 :** Shutterstock/ImageFlow **p. 70 :** Shutterstock/america365 **p. 75 :** Shutterstock/Rido **p. 76 :** Shutterstock/wavebreakmedia **p. 81 :** Shutterstock **p. 83 :** Shutterstock/Roman Samborskyi **p. 85 :** Shutterstock/Krikkiat **p. 87 :** Shutterstock/delcarmat **p. 92 :** Shutterstock/Iconic Bestiary **p. 93 :** Hachette Livre **p. 96 :** © PABLO BLASQUEZ DOMINGUEZ / GETTY IMAGES / AFP **p. 97 :** Shutterstock/Lightspring **p. 100 :** Shutterstock/Soloviova Liudmyla **p. 101 :** Shutterstock/Chanau **p. 104 :** Shutterstock/ukosia **p. 104 :** Shutterstock/Makistock **p. 105 :** Shutterstock/rath ruangaram **p. 106 :** Shutterstock/pathdoc **p. 109 :** Shutterstock/file404 **p. 113 :** Shutterstock/Halfpoint **p. 115 :** Shutterstock **p. 119 :** Shutterstock/Bignai **p. 120 :** Luisa Ricciarini / Bridgeman Images **p. 125 :** Shutterstock/TandemBranding **p. 125 :** Shutterstock/Debby Wong **p. 128 :** Shutterstock/michaeljung **p. 129 :** Shutterstock/Antonio Guillem **p. 135 :** Shutterstock/Viktor Gladkov **p. 140 :** Shutterstock/Kamil Macniak **p. 142 :** Shutterstock/Africa Studio **p. 145 :** Shutterstock/GaudiLab **p. 146 :** Everett Collection / Bridgeman Images **p. 148 :** Luisa Ricciarini / Bridgeman Images **p. 150 :** Shutterstock/B-D-S Piotr Marcinski **p. 150 :** Shutterstock/fizkes **p. 151 :** Shutterstock/jonnyslav **p. 155 :** Shutterstock/tommaso79 **p. 156 :** Shutterstock/fizkes **p. 156 :** Shutterstock/Stock-Asso **p. 157 :** Shutterstock/HOME studio **p. 158 :** Shutterstock/Tanya Sid **p. 158 :** Shutterstock/AN Photographer2463 **p. 159 :** Shutterstock/Zhuravlev Andrey **p. 161 :** Shutterstock/fizkes **p. 175 :** Shutterstock/Brian A Jackson **p. 186 :** Shutterstock/9dream studio

PAPIER À BASE DE FIBRES CERTIFIÉES

hachette s'engage pour l'environnement en réduisant l'empreinte carbone de ses livres. Celle de cet exemplaire est de : 800 g éq. CO_2 Rendez-vous sur www.hachette-durable.fr

Achevé d'imprimer en juin 2022 Espagne par Macrolibros
Dépôt légal : juillet 2022 - Édition 01 - 15/5233/9